KB074781

그토록 먼

이렇게 가까운

그토록 먼

이렇게 가까운

21편의 영화와

스무 개의 기억

이명연

꽃
피는
책

이 책에 담긴 글에는 얄팍한 철학도,
사소한 교훈도 없다. 있다면 오직 나뿐,
나의 이야기뿐. 영화에 슬며시 기댄.

이야기 속, 허락 없이 캐스팅한 배우들에게,
그럴 줄 모른 채 이용당한 영화들에게 바친다.
원하든 원하지 않든, 원하길 바라며.

그는 영화에 미안해하고 있다. '영화로 숨어들어 살던 때'
가 있어서만은 아니다. 영화를 오랜 친구처럼 정성스레
만나기 때문이다. 한 시절이 돌아올 수 없이 지나가 버린
아쉬움과 안타까움으로 미안해하고, 그래서 더 온몸과 온
마음으로 정성스럽다. 읽는 사람에게도 그의 글은 그렇게
다가온다. 글을 읽는 동안 오랜만에 친구를 만나는 느낌
이었다. 오래전부터 슬픔과 아픔과 외로움과 기다림을 같
이해왔고, 지금도 여전히 그 기억들이 그 안에 숨어들어
있는 영화들을. '어찌 기억하고 있었는지 모를 기억'들이
었다. 어느 장면이었고 어떤 대사들이었다. 그것은 점점
더 깊게 다가오는 속삭임이자 손짓이기도 했다. 뼈아프게

절실해지는 위안이기도 했다. 누구에게나 오랜 친구 같은 영화가 있다. 그런 영화를 보면서 가만히 울고 싶어지는 밤이 있다. '그토록 멀고 이렇게 가까운.'

김성대 시인

책장을 펼치면 스무 편의 영화가 상영된다. 주인공은 〈시네마천국〉 같은 어린 시절을 보내고 왕가위를 섭렵하며 어른이 되었다. 어른이 되고서도 〈후크〉를 보면 눈물을 흘리기도 하는 우리의 주인공은 시인이다. 시인의 영화이므로 러닝타임 내내 낮고 매력적인 고백이 장면을 채워간다. 노래와 시와 여행에는 막이 있고, 마디가 있고, 끝이 있게 마련이다. 뜨거운 사랑이 지나가니 낭만적 결사가 찾아온다. 영원할 것 같았던 우정이 흩어지니 누군가는 영영 떠난다. 아무도 없다고 여겼는데 누군가는 반려(伴侶)가 되어 곁을 지킨다. 쓸쓸하고 찬란한 기억의 갈피 갈피로 꽃잎 하나 스러진다. 엔딩 크레디트가 올라간다. 시인 이명연은 영원인 듯 이어질 것만 같은 스무 개의 고백을, 〈희생〉의 타르코프스키처럼, '희망과 확신을 가지고' 받아 적었으리라. 언젠가 첫 장을 펼칠 여러분 모두를 위해, 그토록 절절하게 이렇게 아름답게!

영화를 보면서 꿈을 꾼 적이 있었다. 어디든지 날아 갈 수 있었다. 어떤 사랑도, 어떤 이별도, 어떤 슬픔도, 어 떤 환희도, 어떤 죽음도 영화에는 다 있었다. 영화는 그렇 게 다락방 소년을 꿈의 세상으로 데려다주었다. 우리 모 두의 이야기다.

이명연의 책은 그 꿈을 이야기한다. 놀랍게도 그의 글을 읽다 보면 그 '꿈'들이 어느새 '삶'이 된다. 영화로 꿈 을 꾼 사내의 이야기를 읽으며 빛과 어둠 같은 것들이 마 음을 휘젓는 순간을 경험했다. 맞다. 우리에겐 영화가 있 었다.

차례

도대체
동사가 누군 거야?

동사서독

東邪西毒

왕가위
1994

일이 잘 안 풀리거나, 그 안 풀리는 일을 겨우겨우 끝내거나, 끝냈는데도 왠지 마음이 헛헛하거나 할 때, 머리가 정지된 듯 온종일 멍하거나, 무언가 마음을 치고 갔는데 도통 떠오르지 않거나, 노래 한 곡을 몇 날 며칠 듣다 문득 그 노래 가사가 사무칠 때, 그리고 어느 날은 아무 일도 없고 어떤 맘도 아닌데 보게 되는, 누구에게나 하나 정도는 있을 그런 영화 한 편이 내게도 있다.

어느 날, 이제는 모든 지난날을 그렇게 부르게 되었지만 그때는 '오직 하루'였던 그런 날 중 한 날, 나 없이 친구 셋이 〈동사서독〉을 봤다. 함께 〈중경삼림〉을 보고는 '뭐 저런⋯⋯', 가벼이 얘기한 적 있던 셋이었다. 〈아비정전〉을 봤을 땐 방을 잡고 밤새, 맘보를 들으며 술을 먹기도 했던. 〈동사서독〉을 봤다고 말하는 와중, 셋에게 나는, 이미 봤다는 말은 하지 않았다. 그러면서도, 별로 말하고 싶지 않은 눈치였는데, 왜 그랬는지 나는 물었다.

"어떻든, 〈동사서독〉은?"

아주 잠시, 셋은 서로를 바라봤다. 그리고 곧, 그중 하나가 나머지 둘을 대신해 말했다.

"글쎄⋯⋯."

끝이 흐려지는 그 대답과 동시에 나는 네 글자의 바람, 아니 다짐을 떠올렸다. '취생몽사(醉生夢死).' 하지만 입 밖엔 내진 않았다. 나는 그 영화를 보지 않은 것이어야 했으니까.

"뭐⋯⋯."

'글쎄'를 받아 다른 친구가 이었다. 아니 끊었다. 술까지 끊어질까 건배를 외치면서, '황약사'처럼. '백타산', 그 이름이 머리를 휘감기 시작할 때쯤 말을 쉬었던 친구가 이었다.

"근데 말야."

그 말이 떨어지기 무섭게 머릿속 해가 백타산을 지우며 구름 속에서 천천히 밀려 나왔다. 시력이 거의 사라져버린 검객 양조위의 눈을, 나중에 〈화양연화〉를 볼 때, 기대했지만 보여주지 않았던 그 눈을 감게 했던 그 해가.

"얘가 조용히 묻더라."

목숨값으로 가져온 달걀 위를 비추던 해가 다시 구름 속으로 들어갈 때쯤, 그럴 필요도 없었고, 그러려고 그런 것도 아닌데, 불쑥, 혼잣말이 튀어나왔다.

'미안해. 미안하다고 말하지 않아서. 미안하다고 말하지 못해서……'

"뭐?"

다행일 것까진 없지만, 다행히 친구들은 그 말을 듣지 못했다. 그래서 친구의 말은 다행히 이어졌다.

"영화가 한 시간이나 지났는데 얘가……"

'영화가 한 시간이나 지났는데'라는 친구의 말에, 그 표현에 나는 술 한 잔을 삼켰다. '사랑이 두 번이나 지났는데'라 되뇌며.

"묻는 거야."

나는 마치 동사(動詞)처럼 끊임없이 주어와 목적어를 말하는 인물들에 둘러싸여 있던 '서독(西毒)', 장국영을 떠올리며, 왜인지 내내 젖어 있는 듯했던 그 콧수염을 떠올리며 다음 말에 귀 기울였다.

"야, 도대체 동사(東邪)가 누군 거야?"

그 말을 끝으로 친구는 한껏 웃었다. 술 한 잔을 털어 넣으며. 다른 두 친구도 거의 동시에 웃었고, 역시 술한 잔을 털어 넣었다. 나는 아주 조금 늦었지만, 웃었고, 술 한 잔도 또한, 털어 넣었다. 그리고 필름이 끊겼다. 구름 속에서 해가 나오자 타는 필름이 돼버린 양조위의 시신경처럼.

'도대체 동사가 누군 거야?'

그 말을 듣고 나는 웃었고, 술 한 잔을 털어 넣었고, 필름이 끊겼다. 친구들은 나를 베는 대신, 언제나 그랬듯, 내 방까지 데려다 뉘어주곤 돌아갔다. 그들 각자의 집 중 하나로.

'도대체 동사가 누군 거야?'

생각해보니 아무래도 기억의 윤색 같은데, 최근까지 나는, 그때 저 말을 되뇌며 잠에서 깼다고 생각하고 있었다. 깨어보니 다음 날이 아니라 다음다음 날, 무려 이틀이 지난 뒤여서 더 그랬을 수도.

'도대체 동사가 누군 거야?'

라면을 끓이면서, 다 끓은 라면을 물끄러미 바라보면서, 몇 가닥 남은 면을 마저 먹을까 버릴까 고민하면서, 나는 끊임없이 되뇌었다. 그리고 다음 날, 〈동사서독〉을 다시 봤다. 조조였다. 영화가 끝나고 그 자리에, 어쩌지 못하고 있었는데, 웬일인지 아무도 뭐라 하지 않아 나는 다시 봤다, 〈동사서독〉을.

그날 이후 나는 도통 그 영화를 알 수 없게 됐다. 백타산 즈음인지 어딘지 모를 곳 호수에 비친 하늘 말고는, 그 영화가 사라져버렸다. 빛과 함께 돌던 작은 새장 정도만, 그 빛 사이를 오가던 임청하의 눈빛과 그 눈빛에 늘 겹쳐지는 장만옥의 표백된 눈빛 한 조각 정도만 겨우 남은 채. 아, '엇갈림'이라는 한 단어의 감상평은 '취생몽사', 그 바람 혹은 다짐과 더해 남았다.

묘하게도, "도대체 동사가 누군 거야?"라 말했던 친구는 나보다 한 살이 많은데 나와 음력 생일이 같고, 같은 인물이지만 '모용연'과 '모용언' 두 개의 이름을 썼던 임청하의 성처럼 돌림자가 같으며, 두 번의 사랑이 지나고, 마음으로는 두 번째지만 시간으로는 세 번째인, 계속해서 엇갈리고 있던 그때 그 사랑과는 성도 같고 돌림자도 같다, 묘하게도.

나는 영영 울었고,
너는 가만히 나를

후크

Hook

스티븐 스필버그

1991

친구는, 바라, 보고만 있었다, 나를.

왜 그랬는지, 지금은 너무도 잘 알고 있지만, 그때는 잘 알지도 못한 채 난 울었다. 말 그대로 엉엉! 친구는 그런 나를 약간의 거리를 둔 채 바라, 보고만 있었다. 가만히 그렇게. 마치 나를 안은 듯. 하긴 뭘 할 수 있었겠는가? 엉엉 우는 스물한 살 사내놈을 앞에 둔 스물한 살 사내놈이. 하물며 〈후크〉를 보다 말고 눈물을 터뜨린 그런 놈을 앞에 둔.

친구는 재수하는 나에게 〈포장마차〉를 불러준 이였고, 〈빨치산의 노래〉가 적힌 엽서를 보내준 이였다. 재수를 마친 나는 한 학년 내내 술을 먹었다. 그 사이 '스승'을 만났고, 연애를 했다. 연애의 끝이 먼저였는지 휴학이 먼저였는지, 한 학기를 유유자적한 뒤 군대에 갔다. 와중, 후배 하나를 맘에 두었지만, 후배는 탐탁지 않아 했다. 친구는 틈틈이 그런 나를 찾았고, 노래를 불러줬으며, '빨간책'을 선물했다.

절대 돌아가고 싶지는 않지만, 돌아보면 결국 사람 사는 데였는데, 그때는 군대가 온몸, 온 마음으로 싫었다. 나를 죽이는 것이, 나를 죽인 채 계급으로 살아야 하는 것이 죽을 만큼 억울했고, 화났고, 힘들었다. 정작 '나'가 뭔지도, 뭐여야 하는지도, 뭐이고 싶은지도 몰랐지만, 그때 그 나이 사내놈들이 대개 그랬던 것처럼, 나도 그랬다.

그럼에도, 다른 친구와 달리 그 친구에게는 편지도, 전화도 하지 않았다. 그게 자연스러웠고, 그랬기에 말았다. 첫 휴가를 나왔을 때, 그 친구를 만난 것도 우연이었다. 중고등학교 친구였으니 동네가 비슷했고, 갈 만한 술집은 더욱 비슷했으니 꼭 우연만도 아니었겠지만. 서로 다른 자리였으나 두 자리는 금세 한 자리가 되었다. 뭐 그

때, 그 나이 사내놈들이 가장 잘할 수 있는 일 중 하나가 그거였으니, 어려울 건 없었다.

다음 날, 친구 어머니가 끓여준 북어 김칫국에 밥을 말아 먹고 나니 11시였다. 술을 먹기엔 이른 시간이었고, 무엇보다 (저녁에 만날) 친구들이 그날은 좀 바빴다. 하필 그 친구 집에서 자게 된 것도 그 때문이었다. 휴가 나온 친구는 절대 혼자 두지 않기. 그때, 그 나이 사내놈들이 가장 잘하려 했던 일 중 하나가 그거였기에.

나는 영화를 보기로 했고, 스필버그라길래, 더스틴 호프만과 로빈 윌리엄스라길래, 피터 '팬'을 뒤집은 영화라길래 〈후크〉를 골랐고, 심드렁해하는 친구와 함께, 봤다. 그리고, 울었다, 엉엉, 나는. 그리고, 그런 나를 약간의 거리를 둔 채, 친구는, 바라, 보고만 있었던 거다.

울음이, 엉엉이 터진 장면도, 대사도 기억나지 않는다. 이 글을 쓰며 다시 볼까 했지만, 그러지 않았다. 그 장면, 그 대사를 찾을 수 없을 것이란 걸 너무도 잘 알고 있으니까. 아니 그건 어떤 장면 때문도, 어떤 대사 때문도 아니란 걸 너무도 잘 알고 있으니까.

어느 한 시절이 지나가 버렸다는 것, 빛나는, 아니 빛

났어야 할 시간이 가버리고 말았다는 것, 그리고 다시는 돌아갈 수 없고, 다시는 돌아오지 않을 거라는 뼈아픈 사실이 한꺼번에 들이닥쳐 울었다는 것, 울 수밖에 없었다는 것, 팬을 잃은 피터가 되었다는 것, 하지만 영화 속 피터처럼 팬을 다시 찾을 수는 없다는 것, 그 너무도 자연스러운 사실 때문이었다는 걸 그날 그 시간의 잘 알지도 못한 채 울던 맘인 양, 이제는 너무도 잘 알고 있으니까.

친구와 나는 5시쯤 집에서 나왔다. 친구는 선약이 있었기에 다른 번호의 버스를 탔고, 9시경, 술이 한창일 때 왔다. 휴대폰은커녕 삐삐조차 없었을 땐데도 그럴 수 있었던 건 갈 곳이 뻔했기 때문이기도 하지만, 그때 그 나이 또래 사내놈들이 절대 어기지 않으려 했던 불문율 때문이었을 것이다. 휴가 나온 친구 술자리에는 절대 빠지지 말 것. 친구는 내 옆자리로 몸을 밀었다. 그리고 잠시 나를 다시 바라, 봤다. 팬을 바라보는 팅커벨처럼 혹은 팅커벨을 바라보는 팬처럼.

"괜찮나?"

친구는 낮고 굵은 음성으로 물었다.

"응? 뭐가?"

왜 그리 물었는지 알고 있었지만, 대답은 그렇게 했다. 친구도 더는 묻지 않았다. 다만 조금 더 나를 바라, 봤을 뿐이었다. 그 눈이, 그 마음이 나를 안는 것 같아, 안아 주는 것 같아 다시 울컥, 울음이 올라왔다. 그러나 이번에는 울음을, 엉엉을 내놓지 않았다. 이 또한 지나가 버릴 것을, 지나가 돌아오지 않을 것을 잘 알지도 못했는데도.

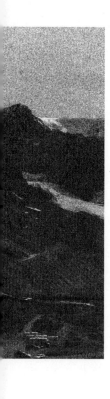

끝없이 두 갈래로
갈라지는 길들

그리고 삶은 계속된다
And Life Goes on…

압바스 키아로스타미
1991

'끝없이 두 갈래로 갈라지는 길들'은 그 뒤, '이 있는 정원'을 더한 제목을 가진 보르헤스의 소설이다. 소설은 읽을 때마다 낯설지만, 그 길은 이미 본 듯했고, 그래서 낯설지 않았다. 도통 참을성이 없는 내가 몇 분을 이어지는(심정으로는 거의 30분은 되는 것처럼 느껴졌던) 롱테이크 신을, 끝없이 두 갈래로 갈라지는 길을 가는 것 같은('달리는 것 같은'으로는 절대 느껴지지 않는) 자동차 한 대를 몇 분 동안 볼 수 있었던 것도 그 때문이었다.

한계령은 그런 길이었다. 삶과 죽음이 각각의 갈래

가 되어 끝없이 갈라지는 길.

대학 1학년 여름방학, 친구 둘과 자전거 여행을 했다. 처음이었는데, 목적지가 강릉이었다. 둘은 나름 여행용으로 쓸만한 자전거였지만, 나는 바퀴가 손가락 세 개 굵기 정도밖에 안 되는 사이클이었다. 출발한 지 얼마 지나지 않아, 서울도 미처 빠져나가지 못했을 때, 친구 하나가 중심을 잃고 넘어졌다. 덤프트럭 바퀴 사이로. 트럭은 신호대기 중이었다. 춘천 느랏재를 넘을 때는 다른 친구의 브레이크가 작동하지 않았다. 패드가 너무 닳아 그랬던 것인데, 마침 굴곡이 큰 커브여서 속도가 자연스레 줄었다. 그리 경사가 심하지 않은 작은 고개여서 이름이 생각나지 않는, 속초에서 강릉 가는 와중엔 속도를 잃기 싫어 브레이크를 덜 잡다 커브에서 바퀴가 슬쩍 비끼는 바람에 길옆 배수로에 빠질 뻔했다. 이번엔 나였는데, 몇 안 되는 뚜껑이 덮인 부분이어서 다시 길로, 돌아올 수 있었다.

강릉 첫날, 모두의 지갑이 든 히프 색을 잃어버렸다. 다행히 방값을 치른 뒤였다. 다음날 두 친구는 돌아가야 했는데, 하루 더 있어야 했다. 강릉 셋째 날, 한 친구는 자전거를 분해해 버스에 싣고, 다른 한 친구는 자전거는 둔 채 돌아갔다. 남은 자전거는 전날 밤, 두 친구의 차비를 갖고 내려온 새로운 친구 몫이었다. 고성에 삼촌이 있는. 고성 가는 길, 주문진쯤이었던 것 같은데, 또 다른 친구 하나가 합류했다. 친구는 쌀 포대에 싸 온 조각들을 30분 만에 자전거로 만들었다. 고성은 생각보다 멀었지만, 돌아가기 충분한 용돈과 거한 술자리가 있었기에 그리 힘들진 않았다.

한계령을 만난 건 고성을 떠난 지 반나절이 훌쩍 지나서였다. 고성 삼촌의 추천 때문도 같고, 양희은의 〈한계령〉 때문도 같은데, 어느 것이 맞는지는 기억에 없다. 하지만 한계령은 또렷하다. 탔다기보다는 자전거를 끌고 한계령 정상에 도착한 건 사위가 어둑해졌을 때였다. 우리는 브레이크 패드를 살폈고, 이른 듯했지만, 세 대 모두 패드를 갈았다. 갈 길이 아직 멀었고, 무엇보다 한계령이었기에. 어둠이 내려오기 시작한 길을 우리는, 최대한 천천히 내려갔다, 처음엔. 그러나 곧, 속도가 주는 묘한 흥분이 어둠이 주는 두려움과 섞여 브레이크 잡은 손을 천천히 풀게 했다. 그럴수록 바퀴는 빠르게 회전했다. 자전거는 멈추지 않았고, 종종 위험스레 멈췄다. 어둠이 완전히 내린 한계리에서 돌아본 한계령은 그저 어둠이었다. 그 속에 웅크리고 있는, 삶과 죽음이 각각의 갈래가 되어 끝없이 갈라지는 길은 전혀 보이지 않았다.

"키워봐야 죽기밖에 더하겠니?"

오줌을 눈 뒤 메뚜기 한 마리를 잡아 돌아온, 버리라는 말에 키워 이민을 보내겠단 아들에게 키아로스타미가 한 말이다.⬦ 나는 그 말을 "살아봐야 죽기밖에 더할까?"로 들었다. 삶과 죽음이 지척이라는 걸 온몸, 온 마음으로 알게 된, 아니 알게 돼버린 한계령 후, 그 길 후, 삶보다 죽음 쪽에 기울 때가 종종 있다. 스물일곱 때는 "살아봐야 죽기밖에 더할까?" 생각하며 살기도 했다. 산다는 것이 지지부진으로 느껴지던, "막바지라니"라는 탄식을 시에 서슴없이 쓰기도 했던 때였다. 강렬했던 것인지 황당했던 것인지, 이제는 내로라하는 시인이 된, 얼마 전엔 뜬금없이 장편소설을 낸 한 살 아래 후배가 술자리 끝마다 '막바지 형'이라 놀리기도 했던 그 탄식을.

〈그리고 삶은 계속된다〉는 인생을 길에 비유한 흔한 이야기다.⬦ 하지만 그 길, 정확히는 몇 분을 이어지는 롱

테이크 신에 담긴 길, 자동차 한 대가 몇 분을 '가는' 그 길로 흔하지 않은 이야기가 되었다. '끝없이 두 갈래로 갈라지는 길들' 같은 그 길, 한쪽엔 삶이, 다른 쪽엔 죽음이 있는, 가지 않아도 되지만 누군가는 기어이 가곤 하는 그 길 말이다. 내게는 한계령 같은. 이런 글을 끄적이게 했던.

길이 없다 없음을 길로 방향을 잡는다

저무는 산엔 들지 말라 했다 날카로운
산의 이빨이 기다리고 있다 했다 그래도

■ 아들 '푸야'와 함께 길을 나선 건 죽었을 수도 있는 '아마드 푸'의 죽음을 견딜 수 없을 것 같아서겠지만, 푸야는 그 길 와중, 아버지 대신 말한다. 아니, 아버지 대신 말하게 하려고 푸야와 동행한 것이기도 하겠지. 그래도 삶은 계속된다고, 계속될 거라고. 길에서 만난 '루히'의 넋두리 혹은 깨달음을 설거지하는 여인에게 제 나름의 말로 풀어 전하면서. 반은 루히 할아버지에게서, 반은 역사책에서, 나머지는 혼자 알아낸 거라 말하면서 푸이는, 말 그대로 '계속'을 계속되게 한다. 지그재그로 이어지는, 하지만 결국 다른 곳, 그리고 다른 삶이거나 다른 죽음에 닿는 그 길처럼.

◆ '그래도'가 아니라 '그리고'인 것이 나와 키아로스타미의 차이다. 그래서 나는 내가 다시 한번 하찮게 느껴진다. '그래도'가 아니라 '그리고'여서 이 영화를 사랑하고. 이 영화를 사랑하는 만큼은 내가 하찮게 느껴지지 않기에. 감히 '사랑'이라는 말을 아무렇지 않게 쓸 만큼. 소쉬르가 아니라 '랑그/파롤'을, '시니피앙/시니피에'를 사랑한다 했던, 공부의 시절을 잠깐 함께 보냈던, 이제는 어디에서 어떻게 살고 있는지 모르는, 술이나 마셔야 한껏 웃고 한껏 목청을 높이던, 그럴 때면 술이 아니라 세상을 마신 것 같던 정남 형도 그런 맘이었을까?

피할 수 없다 나는 이미 시작한 사람

돌아서는 건 치욕이고 기다림은 굴욕이다

길은 없다 없음을 길로 방향을 잡는다

그렇게 삶은 계속될 것이다

네버, 네버,
에스크 미 스톱 드링킹

리빙 라스베가스
Leaving Las Vegas

마이크 피기스
1995

벤은 오래돼 보이는 롤렉스를 헐값에 판다. 웃으며, 마치 예정돼 있던 일을 하는 것처럼. 그 장면을 보는 순간 나는 한 이야기가 떠올랐다. 내 머릿속 한구석에 있던 것인지, 누구에게 들었던 것인지는 모르겠는데, 하필 별것도 아닌 그 장면에서 그 이야기가 떠오른 것이다. 요는 이러하다.

오래돼 해진 옷을 기워 입고 다니던 이가 있었다. 그리 풍족하진 않았지만, 그래야 할 정도까지는 아니었는데도. 나를 좋아하는 눈치였는데, 짐짓 나는 거리를 뒀다. 두려웠고, 한편으론 재밌었고, 한편으론 아렸다. 마치, 김치

속 생강 한 조각이 걸렸을 때, 뱉어버리면 되는데, 그걸 차마 하지 못하고, 아린 입안을 물끄러미 감당해야 하는 것처럼 그저, 아렸다. 두려움도 알겠고, 재미도 알겠는데, 왜 아렸는지는 잘 모르겠다, 지금은.

하루는, '그래서' 조심스레 물었다 — '그래서' 물은 거였다. 그때는 분명했다. 지금은 잘 모르겠지만. 하지만 그때는 분명히 확실했다. "'분명히 확실'하다니, 이런!"이라 되뇌야 할지라도!

"왜 그리 해진 옷을 입고 다녀? 옷이 없는 것도 아니던데. 뭐, 그 옷이 그 옷 같긴 하지만⋯⋯."

그 물음에, 그는 그저 웃을 뿐이었다. 그리고 그 순간, 왜인지는 알 수 없으나, 나는 그 웃음이 이제는 나를 더는 맘에 두지 않고 있다는 신호로 느껴졌다. 그는 그저 웃었을 뿐인데. 그날 이후 나는 그를 더 멀리했다. 그는 그런 내 주위를 여전히 서성였고. 하지만 졸업과 함께 서성임도 멀리함도 끝났다. 아니 사라졌다.

그를 다시 만난 건 삼 년 후였다. 나는 '아주 오랜만'을 되뇌면서 이런저런 얘기를 틈틈이 그와 나눴다. 둘만이 아닌 자리여서 나누기도, 쉬이 거두기도 힘든, 그런저런 얘기들이었다. 자리가 끝나고 무리끼리 다른 자리를 물색하는 와중, 그는 지나가듯 건넸다.

"술, 한잔, 더 할래?"

나는 거절했다.

"그래. 그렇구나."

나는 거절이라는 차가운 그 일을 이전처럼 그냥, 했고, 그는 처음으로 그 거절을 순순히 받아들였다. 알았을 테지, 그도, 그 거절의 진심을. 그는 여전히 낡은 옷을 입고 있었고, 나는 내가 보지 못한 그 낡은 '어떤' 옷의 조각조각을 살피는 동안 그간의 내 삶이 말라버리는 것을 느꼈다. 내가 알지 못하는 어떤 옷 하나를 낡을 때까지, 그가 입고 있었다는 그 사실만으로. 그 혹은 어떤 여인이 기웠을 어깨 한 자락, 팔꿈치 한 자락의 바늘땀을 보는 것만으로 그저.

"그래, 그렇구나. '그렇구나'라고 말하는구나, 이제는, 내게"라고 말하고 싶었지만, 그건 너무 오래전에나 할 수 있던 말이어서 하지 않았다. 대신 그의 셔츠 어깨 자락에, 점퍼에 기운 자리가 가려진 그 자리에 가만히 손을 얹었다. 안 할 수도 있었고, 안 하고도 싶었지만, 안 할 수 없었던 한마디를, 실은 하고 싶었던 한마디를, 그는 들을 수 없을 만큼 작은 목소리로 더하며.

"미안해. 미안하게 해서 미안해."

벤은 세라에게 말한다. "세라……, 네버, 네버, 에스크 미 스톱 드링킹"이라고. 나는 그 말을 그렇게 들었다. "미안해. 미안하게 해서 미안해." 그리고 이 말이 벤에게 '술만'을 시작하게 만든 말이라고 생각했다. 죽기 위해 술을 먹는 알코홀릭 남자 친구를 위해, 막 사귄 창녀 여인이 선물한 힙 플라스크와는 상관없이. 아내가 선물했을지도 모를 헐값에 팔아버린 롤렉스와도 상관없이. 그 말 뒤를 타고 흐르던 〈Ben and Sera〉, 피아노 선율과는 더욱 상관없이.

사랑은
원래 그런 거야

봄날은 간다

허진호

2001

사랑에 관해 쓰고 싶던 때가 있었다. 더 오래전부터 그러고 싶었던 것도 같고, 여전히 그러고 싶은 것도 같다. 아무려나 그런 때였다. 봄꽃이 함부로 피는 것 같지 않았고, 가을 잎이 뜻대로 지는 것 같지 않았다. 〈아메리칸 뷰티〉에서 날아다니던 검정 비닐봉지마냥 모든 게 경이로웠고, 모든 게 벅찼다. 허나 답은 찾을 수 없었다. 플라톤과 아리스토텔레스도, 호세 오르테가 이 가제트와 롤랑 바르트도, 파블로 네루다와 밀란 쿤데라도, 심지어 레오 카락스와 홍상수도 답해주지 못했다. 아니 그들의 답이 내게로 오지 않았다. 〈봄날은 간다〉를 본 건, 그러던 날 중 하나였다.

중학교 2학년, 같은 반 녀석을 한동안 짝사랑한 것 말곤 사랑은 없었다.▪ 아니 기회가 없었을지도. 중고등학 교 6년을 남자들만 득실거리는 '남자 학교'에서 보냈으니 까. 그랬는데, 국문과엔 무려 여자가 더 많았다. 매일 가슴 이 뛰었다. 딱히 누굴 향한 건 아니었다. 그저 뛰었다. 누 구와는 늦은 밤 긴 통화를 하고, 누구와는 내용보다 수식 어가 많은 편지를 나누고, 누구와는 술김에 난생처음 손 을 잡았다. 두어 달쯤 그랬는데, 말았다. 아니 말게 되었 다. 그보다 술이, 술판이 더 좋았기에.◆

그랬던 것인데, 그녀가 왔다. 술판이 반의 반토막 난 첫 여름방학, 홀로 아무도 없는 시골집에서, 폐가에 가까 운 그 집에서 지낼 땐데, 어찌 알고 그 먼 데를 찾아온 것. 작정한 사흘에서 사흘째 되는 날 저녁 무렵 홀로. 동기인 데다 시를 쓰겠답시고 끙끙하는 것도 같아 마음이 잘 맞 는 친구였다. 술 또한 좋아해 술판의 절반 이상은 함께하 기도 해서 더욱. 이튿날 채 날이 밝기 전, 이런저런 얘기 로 밤을 새운 둘은 함께 서울로 돌아왔다. 잘못한 것도 없 는데, 동네 사람들의 눈을 피해.

반년 정도였다. 함께 시 읽고, 함께 노래 듣고, 함께 술 먹고, 함께 가끔 자고, 함께 여행하고, 함께 서로의 친구를 만난 것은. 자못 깊은 사랑이었고, 몹시 뜨거운 날들이었다. 끝나지 않을 것처럼, 끝날 수 없을 것처럼. 밀어낸 건, 내 편에서였다. 다른 사랑 때문은 아니었다. 다른 사랑을 꿈꿔서였을까? 모르겠다. 사랑을 감당하는 게 문득 두려워져서였을까? 모르겠다. 사랑에도 유통기한이라는 게 있어서일까? 아닐 것이다. 어떤 사랑은 그런 게 없으니까. 왜 그러는지도 모르면서 밀어낸 건, 내 편에서였다.

따로는, 내가 그랬듯 그녀도 울었겠지만, 함께로는, 한 번이었다. 눈물을 보인 건. 그저 말없이 마주 앉아 다른 곳을 바라본 채. 그 눈물은 그때도, 나중도 말로는 표현할 수 없는 눈물이었다. 깊이 안아주고 싶었지만, 무릎을 꿇고 미안하다 외치고 싶었지만, '다시'를 청하고 싶었지만, 아무것도 하지 않았다. 아무것도 할 수 없었다. 어찌해야 할지, 어찌해야 하는 건지 알지 못했으니까. 알 수

■ 분명 사랑이 맞을 거다. 그 가기 싫은 학교가 가고 싶었으니까. 내일 볼 생각에 밤이 두근거렸으니까. 왜 좋았는지는 모르겠다. 나와는 전혀 다른 삶을 사는 것 같아서? 진중함이라곤 도무지 찾아볼 수 없는 수컷 무리에서 홀로 진중해 보여서? 이도 저도 아니고, 그저 무언가에 맘을 뺏기고 싶은 한때여서? 생각건대, 모두 아닐 수도, 모두 다일 수도 있을 듯하나, 알 수 없다.

◆ 이때의 술과 술판에 관해서는 다른 글 「사랑은 비극이어라」와 「오로지 술, 죽음은 말고」에 썼다.

없었으니까. 그저 미안하고, 그저 모든 게 무너진 것 같고, 그저 내가 미웠으니까.

언제, 어디였는지는 얼마 안 돼 기억에서 떠났지만, 그 눈물과 모든 것이 뭉뚱그려져 모든 것이기도 하고 아무것도 아니기도 한 마음은 오래 남았다. 남기려 해서가 아니라 저절로 그렇게 됐다. 오며 가며 마주칠 때마다, 말도 몸짓도 없이 눈만 잠시 나누고 지나칠 때마다 그 눈물과 그 마음은 그 잠시보다 훨씬 오래 내 안을 휘저었다. 그럴 때면, 그냥 두었다. 그저 감당했다. 그래야 마땅해서. 그게 그녀에 대한 예의여서.*

누구도 첫사랑은 끝날 줄 모르고 시작한다. 하지만 대개 첫사랑은 끝난다. 두 번째, 세 번째는 다를 거라 생각하지만, 마찬가지다. 그 두 번째 역시 처음 하는 두 번째 사랑이고, 그 세 번째 역시 처음 하는 세 번째 사랑이기에. 모든 사랑은 결국 첫사랑이기에.

〈봄날은 간다〉를 보며 생각했다. '사랑, 생면부지 둘이 만나 도무지 알 수 없는 그 일을 하는데, 안 아프면 그게 이상한 거지'라고. 사랑은 그걸 하는 사람만 잘 모른다. 그걸 하지 않는 사람도, 사랑 그 자체도 잘 아는 그것을. 그렇기에 사랑 옆에는 늘 아쉬움과 안타까움이 있고, 혼란과 두려움이 있고, 헤어짐과 슬픔이 있고, 무엇보다 아픔이 있다. 그럼에도 우리는 사랑한다. 그래야만 하기에. 그래야만 살 수 있기에.

"어떻게 사랑이 변하니?"라고? 그럴 수밖에 없어서다. 사랑하는 우리가, 우리의 삶이 변하니까. 무엇보다, 우리는 사랑을 잘 모르니까. 사랑은 원래 그런 거니까.

● 아주 한참 뒤, 오랜만에 만난 자리에서 더는 그 울음과 그 마음이 내 안을 휘젓지 않는다는 걸 깨달았을 때, 아 나는 얼마나 미안했던가! 내가 얼마나 미웠던가! 또 아주 한참 뒤, 막 남편이 된 남자와 막 장모가 된 어머니를 번갈아 바라보며 흘리던 그녀의 눈물을 보며, 아 나는 얼마나 안도했던가! 얼마나 고마웠던가!

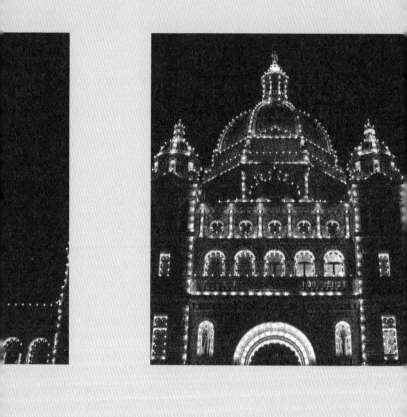

사랑은
비극이어라

킹콩
King Kong

피터 잭슨
2005

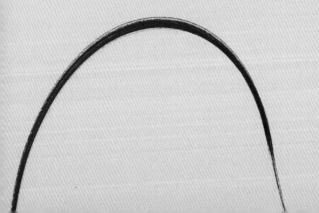

모두 잤다. 아니었겠지만. 둘은 거닐었다. 아니 배회했다.
아니 휘청거렸다. 추암 여기저기를, 손을 잡은 채. 그 밤의
마지막은 철길을 걷는 거였다. 하나가 하나를 업고.

　그녀는 한 학번 후배였다. 나는 휴학을 한 채 입대를
견디고 있었는데, 정작 다닐 때보다 더 자주 학교에 갔다.
심지어 수업도 들었다. 족구장이 비고 낮술 상대마저 없
을 때였다. 저녁엔 어김없이 술이었는데, 예정하거나 작
정하지 않아도 자리는 늘 있었다. 학교 앞은 거대한 술집
이었기에. 그중에는 '길카페'도 있었다. 말이 길카페지 인

도(人道)의 절반, 도로 쪽이 아닌 논 쪽(그랬다. 그때는 그곳에 무려 논이 있었다. 두렁에 대파가 올라올 때면, 꼭 한둘은 꽃인 양 꺾어오던)을 차지한 채 술을 먹는 곳이었다. 순대, 튀김, 문어 다리, 새우깡 등이 주 안주였고, 가끔 치킨이나 오징어회가 등장할 때도 있었다. 손님 중 누군가가 용돈이나 아르바이트비를 받은 날이었다. 아무튼, 그곳은 수많은 손님이 온다는 소리도 간다는 소리도 없이 그저 지나가다 앉고, 앉았다 다시 지나가는 곳이었다. 어떤 날은 술이 늦는 날이 있었는데, 시를 쓰겠답시고 모인 패거리가 한 주에 한 번씩 '세미나'라는 거창한 이름의 모임을 하는 날이었다. 나도 그 패거리 중 하나였고, 무엇보다 그 패거리가 좋았기에 어쩔 수 없었다. 술이야 좀 늦어도 되니까. 학교에 가지 않은 날은 거의 모든 저녁, 누구의 연락이든 왔다. 십중팔구는 신림사거리였다. 천천히 걸어도 1시간이면 가는 곳이어서 안 갈 수가 없었다. 그 자리, 아니 그 사람들이 좋았기에 가야만 했고. 그녀를 처음 만난 건 그중 한 곳, 그중 한 날이었다.

물론 한 곳, 한 날만은 아니었다. 곳은 같거나 달랐고, 날은 좀 더 친했던 동기 놈 둘과 함께가 가장 많았다. 성을 빼고 이름 앞에 '개' 자를 붙여 서로를 부르던 선배

중 하나 혹은 몇과 함께가 그 다음이었다. '세미나'는 일주일에 한 번, 그마저 종종 취소될 때가 있어 가장 적었다. 아, 더 적은 날이 있었는데, 선배들에게 성 대신 '개' 자를 하사받은 그녀의 동기 둘과 역시 같은 자를 하사받은 그녀가 모여 '개 모임'을 하는 날이었다. 행여 그날들 그곳들에 내가 없을 때면, 그녀를 뺀 그날 그곳의 모두 혹은 몇몇은 무슨 큰일이라도 난 양 호들갑을 떨며 나를 찾았다. 좋아하는 마음을 그리 자주, 그리 크게 비치지 않았는데도.[*] 제삿날이라든가 하여 도무지 갈 수 없던 날이 한두 번 있었는데, 그중 한 날은 동기 놈 둘이 그녀와 함께 집 앞까지 와선 취한 건 저희면서 그녀가 취했다며 데려다주게 하기도 했다. 그리고 그랬던 날들 내내, 그녀는 나를 그리 탐탁지 않아 했다. 크게 저어하지도 않았지만. 나는 되도록 그녀에게서 먼 자리에 앉는 것으로 마음을 견뎠다. 한껏 딴청을 피우며.

"짐승이 미녀의 얼굴을 내려다볼 때 미녀는 짐승의 손에 있었습니다. 그리고 바로 그날부터 짐승은 이미 죽을 운명

---

[*] 난 내 맘이 부담될까 전전긍긍했고, 군대에 가야 했으며, 무엇보다 가난했다.

이었던 것입니다."

운명과는 별개로 킹콩을 죽음으로 내몬, 아니 죽음
으로 데려온 '칼 덴헴'이 아랍 속담을 인용해 한 말이다.
그 말마따나 킹콩은 죽는다. 그럴 수밖에 없이. 그 죽음은
그토록 예정된 것이었다. 하지만 괴물은 그것을 몰랐고,
미녀는 알았으되 그렇지 않을 수 있길 바랐다. 사랑에 빠
진 두 존재가 종종 그러하듯. 지는 해가 늘 경이롭고, 뜨
는 해가 늘 벅차듯.

피터 잭슨의 〈킹콩〉을 본 건 '빌리 엘리어트'였던 제
이미 벨 때문도, 3시간이 넘는 러닝타임에 대한 궁금함
때문도, 사실과 가상의 경계를 모호하게 만들 만큼의 CG
때문도, 대공황 속 사람살이의 현실적 묘사 때문도, 조셉
콘래드의 『암흑의 핵심』에 관한 대화가 등장한다는 소문
때문도 아니었다. 오로지 피터 잭슨 때문이었다. 아니, 정
확히는 그라면 해줄 수도 있으리라 생각한 대답 때문이었
다. '왜, 어떻게 수컷 킹콩이 종이 다른 앵글로색슨 금발
여성을 사랑할 수 있었는가?'라는 질문에 대한. 이 질문은
이전 두 작품(1933년 원작과 1976년 리메이크작)을 보지 않
게 한 질문이기도 했다. 피터 잭슨의 대답은 더없이 훌륭

했다. 그의 〈킹콩〉은 수컷 킹콩이 종이 다른 앵글로색슨 금발 여성을 왜, 어떻게 사랑할 수 있었는지 묻지 않아도 되게 해주었다. 긴 러닝타임에 비하면 전혀 길지 않은 두 장면만으로.

'앤' 이전, 바쳐진 많은 여성은 모두 죽었다. 두려움에 떨다 죽었을 수도, 그곳을 벗어나려다 죽었을 수도 있다. 하지만 앤은 두려움에 떨었지만 죽지 않았고, (결국 벗어났지만) 벗어나려다 죽지도 않았다. 괴물을 상대하는, 아니 괴물에게서 벗어나는 방법이 아니란 걸 알고 있었기에. 그녀는 대신, 죽은 모든 여성과 다르게 말을 전했다. 천 하룻밤 동안 그렇게 했던 '샤리아르' 앞 '세헤라자데'처럼. 먼저 건넨 말은 춤과 저글링이었다. '광대' 앤다운. 그러나 그 말은, 그리 탐탁지 않아 했다. 다음 말은 가슴을 살며시 두드리는 거였다. 'beautiful'이란 뜻을 가진. 그 말은 썩 마음에 들어 했다. 킹콩은 손을 펴 내밀었고, 앤은 그 위에 올라탔다. 모든 말이 그렇듯, 둘 사이의 말은 그렇게 탄생했고, 사랑도 그렇게 탄생했다. 말과 함께 사랑이, 사랑과 함께 말이. 그리고 그 말과 사랑은 지는 해를 바라보고 있었다. 킹콩이 늘 홀로 바라보던, 오직 그 한때 앤과 함께였던.

붙잡혀 온 '콩들의 왕'*은, 그러려고 그런 것은 아니지만 광대가 되었다. 그가 사랑하게 된 광대 여성처럼. 그렇다고 사랑이 이루어지지는, 아니 사랑이 이루어질 수는 없었다. 예정된 죽음이 기다리고 있었기에. 오직 한 사람, 오직 한 사랑을 찾기 위한 몸부림과 그 몸부림에 답한 오직 한 사람, 오직 한 사랑의 마음이 만나 둘은 다시 한자리에 든다. 처음처럼, 하나는 상처 입은 채 앉고 하나는 상처 입은 그 하나의 손에 감겨. 먼저 사랑의 말을 건넨 건 이번엔 앉은 쪽, 왼팔로 가슴을 살며시 두드려. 그 두드림과 뜨는 해를 번갈아 보고야 사랑의 말을 건넨 건, 이번엔 감긴 쪽, 'beautiful'을 발음해. 모든 말이 그렇듯, 둘 사이의 말은 그렇게 완성됐고, 사랑도 그렇게 완성됐다. 말과 함께 사랑이, 사랑과 함께 말이. 그리고 그 말과 사랑은, 처음과는 다르게 뜨는 해를 바라보고 있었다. 둘 모두에게 처음이자 마지막이 된 오직 그 한때.

죽음의 영역인 지는 해를 바라보며 탄생해 삶의 영역인 뜨는 해를 바라보며 완성되지만, 완성된 그 즉시 파괴된 사랑. 피터 잭슨은 그 파괴를 조금이나마 늦춰보고자 킹콩을 아주, 아주 천천히 떨어뜨린다. 사랑의 장소인 찬란한 마천루 꼭대기에서 이별의 장소인 시커먼 아스

팔트 바닥으로. 하지만 그 '천천히'는 정작 파괴의 슬픔을 더 크게 만들고, 둘의 사랑을 '완성된 비극'의 영역으로 빠뜨린다. 오르페우스와 에우리디케가, 로미오와 줄리엣이, 식스틴 스파레와 엘비라 마디간이 빠져 있는 그곳으로.

해가, 말 그대로 불쑥 떴다. 그리고 두 개의 무지개가 눈앞에 나타났다. 숙소에 거의 다 와서였다.

"나 좋아하지 마, 형."

그 말 전인지, 후인지는 기억이 가물한데, 그때도 지금도 별로 중요하지 않았다. 중요한 것은 그때 해가 떴다는 것, 그리고 거부와 이별의 말을 들었다는 것. 그럼에도, 업은 등이 힘들어서였는지 모르겠지만, 나는 그 말이 다행스럽게 느껴졌다는 것.

아주 나중, 이소라의 노래 〈바람이 분다〉를 오래도록 반복해 듣던 날 중 하루, 나는 그날, 그 귀한 시간이 끝나버리는 순간에 대해 다음과 같이 썼다.

◆ '킹'이라는 표현은 매우 부질없는 표현이다. 설혹 왕이었다 해도 그렇게 불러줄 다른 콩들이 없기에. '외로움의 왕'이라면 몰라도.

57

천국과는 다르게 지옥은 언제든, 어디서든, 그리 어렵지
않게 펼쳐진다
바람이 분다, 사랑은 비극이어라

후.

그녀는 미녀였지만, 나는 괴물이 다행히도 아니어
서 10년쯤 뒤, 둘은 결혼했다. 그 10년의 절반쯤 동안 나
는 그녀를 종종 만났는데, 둘이 아닌, 둘을 만나게 하려
애쓴 여럿과 함께였다. 그리고 또 그 10년의 절반쯤 동안
종종 나는 그녀를, 그녀는 절대 알 수 없게 스토킹했는데,
집 뒤 호암산 꼭대기에 올라 그녀의 집을 바라보는 거였
다. 문득 사무칠 때, 가끔은 비 오는 밤에도, 하지만 대개
는 해 질 녘에, 아주 가끔은 해 뜰 녘에, 마치 세상에 홀로
남은 존재인 양. 킹콩처럼, 하지만 미녀는 없이.

슬픈 두 걸음걸이

인생은 아름다워
Life is Beautiful

로베르토 베니니
1997

걷는다는 것, 그것은 종종 아니 자주 삶의 비유가 된다. 길이 인생의 비유로 끊임없이 불려 나오는 것처럼. 그러나 걷기를 구성하는 운동, 걸음걸이는 그런 추상을 벗어나 있다. 걸음걸이는 비유하지 않고 곧바로 말한다. 외로움이든 기쁨이든, 사랑이든 슬픔이든. 마치 부바의 '뒷모습'처럼. 무언가 덧붙이면 사족이기 십상인 〈인생은 아름다워〉의, 역시 무언가 덧붙이면 사족이기 십상인 '귀도'의 걸음걸이■ 장면을 세 번째인가 봤을 때, 마치 늘 그런

■ 모퉁이만 돌면 죽음이 덮치는데도 훔쳐보는 아들 '조슈아'를 위해 근위병인 양 두 팔까지 휘두르며 걷던 그 걸음걸이 말이다.

생각을 하고 있었던 듯 자연스레 떠오른 생각이다. 다음과 같은, 용하게도 어찌 기억하고 있었는지 모를 기억과 함께.

녀석은 착했고, 무엇보다 늘 밝았다. 짓궂은 농담에도, 생각보다 못한 시험 점수에도, 한일전 패배에도 화내거나 실망하거나 분노하지 않았다.

"쟤는 걷는 게 왜 저래?"

어떤 하루, 하교 중, 앞서가던 한 아이를 보며 녀석이 말했다. 그리고 잠시 뒤, 아니 말끝과 거의 동시에 녀석의 얼굴에서 웃음기가 사라졌다. 얼굴이 붉어졌고, 말을 더듬기 시작했다. 가끔, 아니 착했기에 자주 그랬던 것처럼.

"아, 아냐, 잘못 말……."

녀석은 말을 다 마치지 못했다. 앞서가던 아이는 다리가 불편한 아이였다. 당연히 걸음걸이도 달랐고. '꽤'라 느껴질 만큼 침묵이 흐른 뒤, 녀석이 여전히 떠는 음성으로 더듬어 말했다.

"모, 못 들었, 겠지?"

"새꺄, 당연하지. 쟤가 뭐 소머즈냐?"

나는 한껏, 이런 표현이 가능하다면, 조도를 높여 대

답했다. 그와 동시에 생각했다. '제길. 소머즈라니, 겨우.'

"그, 그, 그렇, 겠지?"

떨림에도 한도가 있다면, 녀석은 이미 도를 넘게 떨었고, 하여, 나는 '소머즈' 따위를 더 붙잡고 있을 수 없었다. 그리고, 어째 그랬는지, 어떻게 그럴 수 있었는지 몰라도, 말 대신 고개를 끄덕여 보이는 걸로 답을 대신했다. 하기야 무슨 말을 할 수 있었을까마는.

갈림길 앞, 녀석은 가기를 주저했다. 부지런하기도 해 늘 주저 없던 놈이었는데, 등을 돌릴 기색을 보이지 않았다. 늘 먼저 등을 돌려 '저 구석은 대체 어떤 구석인지 모르겠네', 하고할 때면 생각하곤 했을 정도였는데. 그런 녀석이 갈 길, 나와 반대인 길로 몸을 틀지 않아 나도 틀지 않고 기다렸다. 틀 수가 없어 그랬으니, 않은 것이 아니라 못 한 거였다. 나는 그저 녀석을 잠깐, 길 건너 서점을 오래, 번갈아 쳐다봤고, 녀석은 제 갈 방향을 잠깐, 길 건너 서점을 오래, 번갈아 쳐다봤다. 잠시 본 거여서 어쩌면 아닐 수도 있지만.

"스크린, 나왔네."

서점 쇼윈도 중앙에는 '00년간 총정리' 사이로 영화잡지 〈스크린〉 10월호가 진열돼 있었다.♦

"어, 벌써?"

대답을 들을 생각은 없었는지 녀석은 어느새 등을 돌려 제 갈 길로 한 발을 뗐고, 주저 없이, 인사는커녕 돌아보지도 않고 걸어갔다. 그런 녀석을 그 자리에 좀 더 서서 지켜봤는데, 돌아서 인사 한마디 전해주길 바라진 않았다. 어째 그랬는지, 어떻게 그럴 수 있었는지 몰라도, 그날 그땐 그랬다.

"잘 가라, 새꺄. 내일 보자."

끝인사를 내게 처음 양보한, 녀석의 걸음걸이가 유난히 기웃해 보여서였을까? 오른편, 아니 왼편이었나, 자전거가 있었다면 들키지 않을, 그 짧은 한쪽 다리가 유난히 위태로워 보여서였을까? 그 짧은 한쪽과 그 때문에 기웃한 걸음걸이가 그날따라 슬프게 느껴져서였을까?

안다. 두 걸음걸이가 담고 있는 슬픔의 비교할 수 없는 깊이와 농도를. 두 걸음걸이를, 그리고 두 슬픔을 함께 얘기할 수 없다는 것을. 얘기해선 안 된다는 것을. 하지만 어쩌겠는가? 내가 슬펐던 것을. 며칠을 문득문득 울게 한 '귀도'의 걸음걸이가 슬펐듯, 용하게도 어찌 기억하고 있었는지 모를 녀석의 걸음걸이가 슬펐던 것을.

사족.

전쟁 선, '귀도'는 자전거를 탔다. 자전거를 달 때, 귀도는 행복했다. 걷기의 노고를 줄여주는, 속도라는 즐거움을 더해주는, 사랑하는 도라와 더 가깝게 같은 길을 갈 수 있게 해주는 것이었기에. 자전거는 그렇게, 자전거는 그래서 비유가 되고 상징이 된다. 귀도에게. 아니 정확히는 나에게.

녀석은 자전거를 바랐지만, 얻지 못했다. 가난했기에. 하여 녀석은 여의도공원에 종종 가곤 했다. 자전거를 타러. 자주는 아니었다. 가난했기에. 한 번은 나와 함께였는데, 롤러스케이트를 신은 나를 뒤에 매단 채 녀석은 신나게 바퀴를 굴렀다. 위태로운 다리 따윈, 기웃한 걸음걸이 따윈, 거기 없었다. 자전거는 그렇게, 자전거는 그래서 비

◆ 13년이었는지, 14년이었는지, 아님 그보다 많은지 '총정리'의 나이는 기억에 없지만, 10월은 기억한다. 대입 시험 즈음, 소위 진학상담을 하고 있을 때여서. 계량화되고 수치화된 커다란 도표를 왼쪽에, 서울을 중심으로 각 대학 분포도가 그려진 지도를 오른쪽에 놓고, 한 번도 그리 건넨 적 없던 음성과 한 번도 그리 닿아준 적 없던 자세로 "너는 말이지⋯⋯" 말을 시작해 급작스레, 넘치는 뜨거움과 알 수 없는 배신감을 묘한 슬픔과 함께 동시에, 난생처음 느꼈을 때여서. 아무려나, 그렇다고 표지 모델까지는 물론 기억하지 못한다. 찾아보니 그해 그달 〈스크린〉 표지엔 그땐 아직 죽지 않았던, 그땐 그리 좋아하지 않았던, 하지만 〈영웅본색〉과 〈천녀유혼〉 때문에 모를 수 없었던, 한창 시절 장국영이 있었다.

유가 되고 상징이 된다. 녀석에게. 아니 정확히는 나에게.

말없이 헤어진
어느 저녁

죽은 시인의 사회
Dead Poets Society

피터 위어
1989

"왜 나는 조그마한 일에만 분개하는가?"

　　교과서에도 없는 김수영의 저 시구를, 하물며 고3 교실에서 전하며, 선생은 이상스레 '분개'했다. '이상스레'라 표현한 건, 그런 아무짝에도 쓸모없는, 아니 아무짝에도 쓸모없다고 생각하던 것에 분개하는 어른을 처음 본 때문이었다. 그게 뭐라고. 나는 초심자의 '오버'라고 생각했다. 그런데 웬걸. 선생은 이후로도 틈틈이 분개했고, 거꾸로 가끔은 눈물을 비췄다. 뒤돌아 '엉엉'을 숨길 때도 있었는데, 이를테면 이런 걸 가르칠 때였다.

"멀위랑 다래랑 먹고 청산에 살어리랏다."

3학년 2학기, 우리 셋은 '하얀 집'이라는 분식집에서 즉석 떡볶이와 함께 저녁 도시락을 먹곤 했다. 가끔은 떡볶이를 남겨, 소주 한 병과 함께 교실로 돌아와 '야자'[*]를 끝내고 나눠 마셨는데, 그런 날이면 나는, 친구는, 또 다른 친구는 번갈아 갈지자로 걸었다. 소주 한 병이 늘 일곱 잔이 나와서였다. 그런 날은 갈지자로 걸은 그 친구 집에서 자는 날이기도 했다. 세 부모님은 별말이 없었다. 셋은 모두 얌전했고, 그러고 다니면서도 성적은 셋 모두 올랐으니까. 그렇게 한 학기가 가는 동안 가끔 선생을 복도에서 마주쳤는데, 그뿐이었다. 선생은 이미 잊힌 뒤였기에.

그는 말랐고, 하얬고, 얼굴은 각이 졌지만 둥글었고 (이게 말이 안 되는 것은 나도 안다. 가끔 기억은 말이 안 되는 것을 말이 되게 한다. 기억이란 결국 말이고, 말이란 결국 기억이니까), 키는 작았지만 그림자가 컸다(이건 비유지만, 내겐 비유가 아니다. 어떤 비유는 사실보다 더 많은 사실을 담고 있는 법). 선생이 그만둔 건 1년 만이었는데, 2학기엔 선생의 수업이 없어 그나마 선생을 교실에서 본 건 한 학기뿐이었다. 수많은 엇비슷한, 가끔은 그나마 낫거나 또 가끔은 어처구니없을 만큼 형편없는 선생을 선생 삼아(물론 그들은 가난한 데다 성적도 중하위인 나 따위를 제자는커녕 학생으로도 삼지 않았겠지만) 견뎌내던 그 학기 말이다. 내가 3년을, 선생이 1년을 견뎠던 그 학교는, 선생의 첫 임지였다.

졸업과 함께 한 친구는 대학에 갔고, 한 친구는 종합학원에서 나는 여기저기 공공도서관을 전전하며 재수를 시작했다. 대학생 친구는 바빴고, 남은 둘은 틈틈이 만나 지겹게도 더디 가는 시간을 견딜 양으로 술을 마셨다. 각자의 친구들과 함께 혹은 한쪽 친구들과 함께. 이러나저러나, 모종의 배려가 있었던 것인지 대학생 수와 재수생 수가 늘 하나 이상은 기울지 않는 자리였다.

셋이 다시 만난 건 벚꽃이 진 지 한참 후, 등꽃이 피기 시작한 때였다. 남영동에서였는데, 종합학원 친구를

■ '야간자율학습'을 줄인 말이다. 이름만 '자율'일 뿐이었던. 학교는, 적어도 내겐 그런 곳이었다. 자유나 자율이라는 말이 흘러넘쳤지만, 한 모금의 자유도, 자율도 없는 곳. '가난한 데다 성적도 중하위'여서 그랬을 거라 생각하진 않는다. 오늘의 학교는 그렇지 않기를 바란 지 오랜데, 이제 막 대학생이 된 첫 조카가 태어난 뒤로는 더 간절해졌다. 초등학교 2학년인 두 번째 조카에게 물어보면 알 수 있을 텐데, 녀석이 아직 어려서이기도 하지만, 두려워 묻지 못하고 있다.

놀래주기 위해서였다. 쉬는 시간, 담배를 피우러 나온 친구는 그러나 우릴 보고 그리 놀라지 않았다. 1시간 전, 어떻게 알고 찾아왔는지 남산도서관 한구석에 놈이 나타났을 때, 내가 그랬듯.

"영화나 볼까?"

술을 먹기엔 좀 이른 시간이었다.

"저 영화 어때? 좋다던데."

대학생 친구의 말에 종합학원과 나는 걸음을 멈추고 성남극장 빌보드를 쳐다봤다. 〈죽은 시인의 사회〉 제목으로는 도무지 내용을 알 수 없는 영화가 그려져 있었다. 무슨 스포츠 영화 같았다. '그래도 재수랍시고 하고 있는데, 기껏 저런 영화를?' 생각했지만, 입 밖에 내지는 않았다. 표정을 보니 종합학원도 비슷한 생각을 하는 듯했지만, 역시 아무 말 없었다.

"영화도 술도 내가 쏜다. 과외비 받았거든."

'흐흐' 소리를 얼굴에 그려 보이며 대학생 친구가 표를 끊는 동안 영화 팸플릿을 살폈다. (그때는) 모르는 배우들만 잔뜩인, 무려 학교 영화였다. '기껏 이런 영화를……' 이런저런 시시껄렁한 얘기를 나누는 사이 광고가 끝나고 영화가 시작됐다. 셋은 입을 닫고 스크린에 눈을 고정했다.

극장은 들어갈 때만큼이나 한산했다. 셋은 그 한산한 공간을 아무 말 없이 빠져나왔고, 누가 먼저랄 것도 없이 길을 건넜다. 버스 정류장에서도 셋은 아무 말도 하지 않았다. 25번 버스가 도착하자 종합학원이 알아들을 수 없는 소리를 웅얼거리더니 버스에 올랐다. '먼저 갈게'라고 했다고, 아주 나중, 타야 할 버스가 같았던 대학생 친구 놈이 내게 말했다. 101번 버스가 왔을 때, 나는 남은 놈을 쳐다봤다. 아주 짧게. 놈도 마찬가지였다. 101번 버스 안은 늘 그랬듯 붐볐다.

후.

극장 바로 건너편에 25번도, 101번도 있었지만, 셋은 약속이나 한 듯 그저 걸었다. 셋이 헤어진 건, 노량진 학원가에서였다. 그때까지 셋은 아무 말도 하지 않았다. 아니 아무 말도 하지 못했다. 그날, 그 시간 동안 나는 속으로 이 말을 되뇌었다. '오, 캡틴, 마이 캡틴, 빌어먹을 마이……' 잊었던 그 선생을 떠올렸는지 아닌지는 기억에 없다. 버스 안이 붐벼 울 수 없었다는 건 기억한다.

나는 돌아갈 테니
너는 돌아가거라

나라야마 부시코

楢山節考

이마무라 쇼헤이

1983

1971년생인 나는 초등학교 시절 내내 충청도 산골 할머니 댁서 방학을 보냈다. 그때 그 나이 즈음 많은 아이가 그랬듯. 그랬기에 할머니와 정이 깊었다. 그때 그 나이 즈음 많은 아이가 그랬듯.

하지만 그녀는 내가 중학교 2학년이 되었을 때 죽었다. 사고였다. 차라면 먼발치에만 보여도 몸을 피해 남편에게 지청구를 먹곤 하던 그녀였는데, 버스에 치여서였다. 함께 있던 엄마 말에 따르면, 홀린 듯, 가야 한다는 듯, 한 발을 내렸다 한다. 차도 쪽으로.

장례를 치른 사흘, 지금껏 운 모든 울음을 합한 만큼

나는 울었다. 고이, 할머니 비녀 하나를 거둔 건 그 울음
이 이윽고 멎었을 때였다. 명주실에 매어 잠깐은 목에 걸
고 다니기도 했다. 엄마가 깊이 앓기 전까지였다. 병원에
가도 원인을 알지 못했다. 아픈 몸을 이끌고 점을 보러 간
엄마에게 점쟁이는 바로 그것, 비녀를 지목했다. 비녀를
할머니 산소에 묻자 엄마는 곧 나았다. 할머니를 누구보
다 애처로워했던 엄마는 그 후 할머니 얘기를 입 밖에 내
지 않았다.

〈나라야마 부시코〉는 어머니이자 할머니의 이야기
다. 소금이 목숨만큼이나 귀한, 감자를 훔치면 산 채로 가
족이 묻혀야 하는 그런 산골에서 자식을 키워낸, 짝을 찾
을 수 없던 작은 아들을 위해 제 나이 또래 마을 여인에게
하룻밤 잠자리를 부탁하던, 또 생길 손주에게 자신 몫의
삶을 앞당겨 전하려 한.
그곳은 기로(棄老)가 자연스러울 수밖에 없는 곳이었
다. 입을 덜기 위해 노동력이 되지 못하는 노인을 '나라
산' 정상에 내다 버리는 그 기로.▪ 하지만 어머니는, 할
머니는 튼튼했다. 노쇠한, 아니 노쇠할 것 같은 기미도 보
이지 않았다. 튼튼한 그녀는, 노쇠할 것 같은 기미도 보이

楢山節考   78

지 않는 그녀는 두 아들과 한 며느리가, 식구가 하나 늘어야 하는 혼인을 하게 될 두 손자가 눈에 밟혔고, 태어나 새로운 입 하나가 될, 아직 태어나지 않은 손주는 더 눈에 밟혔다. 하지만 어머니는, 할머니는 튼튼했고 노쇠할 것 같은 기미 또한 보이지 않았다. 하여 그녀는 튼튼을 버리기로, 노쇠의 기미를 재촉하기로 했다. 돌절구에 생니를 깸으로써.

결과는, 그리 성공적이지 않았다. 이가 상했을 뿐, 튼튼은 쉬이 버려지지 않았고, 노쇠도 쉽사리 찾아오지 않았으니까. 하지만 척은 할 수 있었다. 튼튼하지 않은 척, 노쇠가 찾아온 척. 그렇게 튼튼하지 않은 척, 노쇠가 찾아온 척 할 수 있게 된 어머니는, 할머니는 아들에게 '나라산'을 보채기 시작했다. 마치 놀이공원에 데려다 달라 보채는 어린아이처럼. 며느리에게 한밤 고기 잡기 비법을

■ 우리가 '고려장'이라 배웠던, 우리에게도 있었다고 우리가 한때 알고 있던 그것은 실은 우리에겐 없는 것이라 한다. 일제강점기, 침략자들이 우리의 역사에 끼워 넣었다는 것(일본에서 생활했던 미군이 그랬다는 말도 있지만). 산골 땅은 척박할 수밖에 없다. 하여 기로는 어찌 보면 삶의, 어둡지만 자연스러운 이면일 것인데, 그 자연스러울 수도 있는 이면을 침략자들은 부자연스러운 것으로, 어둡기만 한 것으로 만들었다. 그것을 피점령국의 역사에 슬쩍 끼워 넣음으로써. 하물며 '멀위랑 다래랑 먹고 청산에 살어리랏다' 노래하던, 만두를 사러 갔더니 '회회아비 내 손목을 쥐더이다' 노래하던 그런 땅, 그런 삶에.

틈틈이 가르치며.

　결과는, 성공적이었다. 나라산 노래 속에서, 나라산 노래와 함께, 이윽고, 결국, 마침내, 이럴 수도 저럴 수도 없던 아들을 나서게 했으니까. 할머니를 버리는 문제로 다투다 아버지를 죽인 그 아들을, 그래서 더욱 어머니에게 정이 깊은 그 아들을.

　이러지도 저러지도 못해 늙은 어머니를 지게에 지고 산(山/生) 장례를 치르러 가는 아들. 그런 아들의 마음을 흔들지 않으려 한마디 말은커녕 숨도 크게 쉬지 않는 늙은 어머니. 그리고 이윽고, 아들의 마음이 흔들리는 것을 느꼈을 때, 불현듯 귀신의 얼굴, 귀신의 눈빛으로 아들을 바라보는 어머니, 그리고 할머니.

　그 눈(眼)은 어떤 공포 영화에서도 볼 수 없었던, 지금까지도 보지 못한, 절대로 잊을 수 없는 눈이다. 결국 쏟아지고 만 눈(雪), 그 눈도 그렇고. 그 눈은 버려진 늙은 어머니이자 할머니가 짐승에 뜯기지 않게 해주는, 딱 죽을 만큼만 따뜻하게 해주는 그런 눈이었으니까. 〈나라야마 부시코〉는 바로 그 두 눈으로 하여 내게 잊을 수 없는 작품, 아니 걸작이 되었다.

할머니가 돌아가신 얼마 뒤 할머니를 만났다. 아니 할머니가 나를 만나러 왔다. 집 밖 변소에 가던 길이었다. 눈이, 함박눈이 내리고 있었고, 밤이었다, 아주 깊은. 할머니는 그렇게 내게, 잠시, 다시 왔다. 아직은 그녀를 잃은 슬픔이 많이 남아 있을 때였다. 그런데, 그런데도 나는 입을 떼긴커녕 몸을 움직이지도 못했다. 두려움 때문이었다. 한 번도 경험해보지 못한, 그 얼굴, 귀신의 얼굴, 그 눈, 귀신의 눈, 때문이었다. 나는 한동안 밤을 두려워했고, 화장실에 갈 때는 옆에 자는 동생을 깨워 함께 갔다. 얼마간을 그런 뒤 밤을 밤으로 맞을 수 있었다. 겨우, 다시, 혼자, 화장실에 가게 된 때쯤, 이윽고 할머니 얼굴조차 기억나지 않게 된 때쯤이었다. 그렇게 성공했다, 3개월 만에, 할머니는. 정을 떼는데, 손자가 할머니 없는 삶을 살아가게 하는데.

말하고 있었던 듯하다, 할머니의 눈은. 〈나라야마 부시코〉 속 어머니이자 할머니의 그 눈도.

"나는 돌아갈 테니 너는 돌아가거라."

눈(雪) 속에서 나는 그 말을 들었고, 살았다, 영화 속 아들 다츠헤이처럼. 〈나라야마 부시코〉를 본 며칠 뒤, 그 눈 오던 그 밤 이래 처음으로, 난, 그 눈, 할머니의 그 눈이라도 보고 싶어졌다. 눈(雪) 속이 꼭 아니더라도.

그 이야기 1

'푸네스'와 '레너드 쉘비'
그리고 둘 사이

메멘토

Memento

크리스토퍼 놀란
2000

언제 어디에서 어쩌다 그를 만났는지, 그리고 왜 어떻게 그런 얘기를 나눴는지는 기억에 없다. 〈메멘토〉를 보기 전이었는지, 후인지도. 그랬는데, 얼마 전 〈메멘토〉를 다시 본 후, 아니 다시 보는 와중, 그가 떠올랐다. 나눴던 얘기도 함께. 그리고 〈메멘토〉는 내게 그 없이는, 그의 이야기 없이는 말할 수 없는 작품이 되었다. 보르헤스의 소설 「기억의 천재 푸네스」가 그랬듯.

그는 기억이 거의 없다. 어릴 적 옥상에 널어둔 이불과 함께 미끄러져 1층 계단 모서리에 머리 한가운데가 부딮치는 바람에 그런지는 모르지만, 꼭 그 때문 같지는 않다. 어떤 것, 이를테면 '크리스토퍼 놀란' 같은 이름은 기막히게 기억하니까. 심지어는 〈메멘토〉의 주인공 '레너드 쉘비' 같은 이름도.＊ 더 심지어는 머리를 다친 그 날이 〈캡틴 하록〉 첫 회가 방영된 날이라는 것도(왜, 어떻게 떨어졌는지는 기억하지 못하면서). 그런데 어떤 것들은, 대개는 기억할 만한, 기억할 수밖에 없을 만한 어떤 것들은 기억하지 못한다. 이를테면 이런 것들을, 기막히게도.

그가 열 살부터 살았던 곳은 '난곡'이라는 이름을 가진, 그때도 이미 서울에서 몇 안 되는 산동네였다. 그 산동네에서도 가장 위쪽, 산 바로 아래가 그의 집이었고. 수도도 없어 펌프를 썼는데, 그마저 마를 때면 하나 있던 공동 우물에서 물을 길어와야 했다. 물지게를 지고. 우물마저 마르면 식수 차 차례였다.＊ 그런데 한 해는 물이 '너무' 넘쳤다. 집 뒤, 산비탈이 무너질 정도로. 그가 초등학교 6학년일 때였다. 다행히 집과 산 사이 작은 텃밭이 있어 집은 무사했다. 그런데 그의 어머니가 텃밭에 있었다. 근 한 달을 병원에 다니고서야 그녀는 나았다. 동사무소에서는 치료비와 밀가루 한 포대를 줬다.

그의 어머니가 쓰러진 건 그가 중학교 2학년 때였다.

어머니의 기억을 빌어 전한 그의 말을 생각해보건대, 뇌경색 때문이었는데, 젊어서였는지 돈 때문이었는지 병원에 가지 않았다. 대신 단칸방 한쪽에 누워만 있었다. 입이 돌아가 말도 제대로 못 하는 채로. 그는 어머니를 대신해 두 살 터울 사내놈과 여섯 살 터울 계집애를 먹이고 씻기고 학교에 보냈다. 어머니를 위해 미음도 끓였고, 다시 물이 말라 물지게도 졌다. 그러는 동안에도 그는, 뭐 대단한 곳이라고 학교는 빠지지 않았다. 5개월간이었다.

산복도로 공사로 살던 집을 잃은 건 고2 후반이었는데, 그가 '야자'를 끝내고 오니 아침까지 있던 집이 사라지고 없었다. 잔해 위엔 달빛이 떨어져 제대로는 처음 보는 집 바닥을 훑고 있었고. 그는 노래 하나, 아니 한 노래

■ 공교롭게도 나 역시 외국 가수, 배우, 감독 이름과 외국 노래, 영화 제목은, 지금은 덜하지만, 한때는 기막히게 기억했다. '아핏차퐁 위라세타쿤' 같은, 우리말 체계에선 매우 이상하고 복잡한 이름까지도. 하여 스마트폰이, 검색엔진이 기억을 대신해주기 전까지 둘째 녀석은 시시때때로, 주로 술을 먹는 자리에서 전화로 묻곤 했다. 그런 이름이나 제목을(두 예가 다른 예와 함께 다른 글 「디지털 솔리튜드 혹은 솔리테어」에 쓰여 있다). 하지만 교과서에 나온 외국 이름이나 지명 따위는 시험 기간에만 잠시 기억에 세 들었을 뿐이다. 기막히게도, 그나마 몇 안 되게.

◆ 여기까지는 그도 기억한다. 그러나 다음은 기억에 없다 한다. 그의 어머니에게 들어, 요즘도 종종 들어 아는 것이라 하고. 아, 그때는 '초등학교'가 아니라 '국민학교'였다는 것 정도는 물론 그도 기억한다.

의 한 소절을 속으로 되뇌며 달빛을 따라 했다.* 그의 아버지가 데려간 곳은 아직 부서지지 않은, 그는 잘 모르는 이웃이 싼값에 내준 단칸방이었다. 약 6개월 뒤 그는, 사라진 집에서 걸어 2분이면 가는 덴데, 도로와는 상관없어 부서질 걱정이 없던 집으로 이사했다. 집이 너무 좁아서였는지, 고3이어서였는지 그는 4개월여를 그곳 아닌 친구 집에서 보냈다. 막내였던 친구 집엔 또래 친구들 부모님보다 연세가 꽤 많으셨던 부모님이 계셨다. 그리고 친구의 큰형님 내외와 조카 둘이 있었다. 살림 대부분은 친구의 형수님이 하고 있었고. 그런 곳에서 그는 무려, 4개월여를 보냈다.*

그가, 대개는 기억할 만한, 아니 기억할 수밖에 없을 만한 것을 기억하지 못하는 건 그 외에도 많다. 그는 아내와의 첫 키스도, 첫 밤도 기억하지 못한다. 어떤 부부에겐 이혼 사유가 될 수도 있는 일이지만, 대개의 부부에겐 최소 일주일의 전쟁(완패가 보장된, 전면전은 절대 불가하고 게릴라 전술 정도밖에는 쓸 수 없는 전쟁)거리지만, 그의 아내는 그저 그런가 보다 한다고 한다. 뭐, 한마디로 별걸 다 기억 못 하는 사람과 함께 살려니 그럴 수도 있겠다 싶긴 한데, 이에 관해선 그의 말이 전적으로 믿기진 않는다. 아무려나 기억이 없어, 그는 기억을 붙잡을 수 있는 무언가를 끊임없이 찾고, 고민했다. 그리고 그만뒀다. 그것이 부질없는 일이라는 생각이 어느 날, 갑작스레 들었기 때문인데, 그날이 언제쯤인지, 왜 그런 생각을 하게 됐는지는 기억하지 못한다. 기막히게도.

'푸네스'는 어제 일을 얘기하려면 꼬박 하루를 써야 할 만큼 기억력이 좋은 인물이다. 반면, '레너드 쉘비'는 10분밖에 기억을 못 하는 단기 기억상실증 환자다. 푸네스가 '기억의 천재'라면 쉘비는 '망각의 천재'인 것. 내가 이 두 천재를 만난 건 약 10년 정도 차이가 있다. 푸네스가 먼저, 쉘비가 다음. 두 천재의 다른 점은 푸네스는 타고난 반면, 쉘비는 아내의 죽음이라는 계기가 있었다는 것 정도다. 그의 이야기를 들었을 때, 나는 그가 이 둘 사

● 그의 기억은 여기까지다. 그리고 이 한 노래의 한 소절은 '내게 강 같은 평화'다. 다른 글 「그 이야기 3 - 내게 강 같은 평화」에서 좀 더 자세히 들을 수 있다.

★ 그의 어머니는 지금도 그 친구 얘기가 나올 때면, 형수님께 잘해야 한다는 당부를 거르지 않는다 한다. 그런데 그는 인사조차 전하지 않고 산다. 물론 그건 그의 기억 잘못이 아니다. 그의 잘못이다. 그걸 그도 너무 잘 알지만, 그렇게 사는 것이다. 언젠가 갚을 기회가 있겠지 하며. 무심하게도.

이에 있는 존재로 느껴졌다. 어떤 것은 푸네스처럼 기막히게 기억하면서 어떤 것은 쉘비처럼 기막히게 망각하는 그런 존재로.

궁금했다. 왜 그는 어떤 것은 기막히게 기억하면서 어떤 것은 기막히게 망각하는 것일까? 나는 궁금했고, 하여 그 궁금증을 풀어줄 수도 있을 그의 과거가 더 듣고 싶어졌다. 그러나 더 묻는 건 실례일 것 같았다. 무엇보다 그를 아프게 하는 일인 것도 같고. 그런데 다행히도, 그는 자신에 관해, 아니 자신의 과거에 관해 더 말하고 싶어 했고, 내가 그 말을 들어주길 원하기까지 했다. 그는 고맙다는 듯 말했고, 나는 고마워하며 들었다. 그가 원했고, 나 역시 원한 그의 다른 과거는 이 글엔 마땅치 않아 다른 두 글에 옮겼는데, 제목 앞에 '그 이야기 2'와 '그 이야기 3'이란 표시를 해두었다.

그 이야기 2

토토를 부러워함

시네마 천국

Cinema Paradiso

쥬세페 토르나토레

1988

그는 돌아갈 곳이 없다. 사는 곳만 있을 뿐.

　　태어나 일곱 살 절반까지 살았던, 초등학교 6년 동안
은 방학 다음 날부터 개학 예비소집 전날까지 살았던 '고
향'이 없다. 아니 꺼져 없어져 버린 것은 아니니 '없다'는
말은 실은 거짓이다. 고향은 있지만, 그에게선 사라졌다.
'천천히 빨리'라는 이상스런 조어로밖엔 말할 수 없는 속
도로. 가장 먼저, 위안이자 즐거움이었던 개울이 사라졌
다. 축사 때문에 한 번, 골프장 때문에 또 한 번. 도랑이 된
그곳에는 치리도, 갈나리(피라미)도, 붕어도 없이, 놈들을

숨겨주던 부들도, 줄도, 나사말도, 붕어마름도 없이, 햇살을 자유자재로 구부리며 빛 놀이를 하던 물결도 없이, 시꺼먼 악취만 진동한다.

다음, 집이 사라졌다. 논 한가운데 있어 '논 가운데 집'이라 불리던, 여름이면 대문과 마당 사이 바람길에 둔 평상에서 낮꿈을 꾸던, 뒷간 옆 오돌개(오디)나무와 장독대 옆 앵두나무와 잿간 옆 개복숭아나무와 뒷마당 잣나무가 계절을 맡아 입맛을 더해주던, 가끔 구렁이 한 마리가 느릿느릿 지나가며 제집이기도 하다고 능치던, 누우면 곧 코를 고시면서도 손자 등 긁어주길 잊지 않으셨던 할머니의 선하고 순하고 거친 손길이 구석구석 닿아 있던, 빈집으로도 십수 년을 간 것은 보내고 남은 것은 품으며 식구를 기다리던 그 집이. 매매 계약서에 도장을 찍은 지 사흘만이었다.

그다음 사라진 건 두 산이었다. 먼저 개울 건너, 어릴 때는 지리산쯤으로 크게 느껴졌다던 '안봉산'이 사라졌는데, 집이 사라지고 그리 오래지 않아서였다. 겨울이면 몸보다 크게 올린 나뭇단을 지게에 진 채 뒤뚱뒤뚱 내려오던 오솔길을, 몸을 숨긴답시고 길섶 마른 풀숲에 대가리를 파묻던 꿩을, 여름엔 아랫말까지 울리던 뻐꾸기

소리를 품은 산 앞면이 먼저였다. 어느 집안인가의 가족 묘 때문. 맛없는 중타리(중고기)만 득실해 얼기미(어레미)나 활치(족대) 대신 맨손으로 가재만 훑던 개울을 끼고 있던, 오리나무 깊은 그늘이 무서워 감히 들지 못했던, 가끔 할아버지가 뒷짐 걸음으로 나가 가다발*을 따오시던 산 옆면은 사오 년쯤 뒤 공장이 삼켜버렸다. 논 건너 동네 한가운데 언덕마냥 놓여 있던 '박동산'이, 대추나무 두 그루가 올라가는 길을 열던 그, 끄트머리쯤 묘비와 석물을 품은 봉분 두 개*가 마을을 내려다보며 누워 있던 그, 집게벌레가 유혹했지만, 함께 사는 왕텅이(장수말벌) 탓에 차마 가까이 가지 못한 참나무 두 그루가 봉분 바로 위에 서 있던 그, 가끔 살모사가 재빠르게 몸을 피하던 '하꼭*밭'을 오

■ '뽕나무버섯붙이'를 그렇게 불렀는데, 향이 강하지 않고, 무엇보다 식감이 고기 씹는 것 같아 그가 '너무' 좋아했던 버섯이다. 언젠가 그 맛이 사무쳐 사다 먹었는데, 할아버지의 느릿한 걸음과 할머니의 손맛이 담겨 있지 않아서인지 별맛이 없었다 한다. 후론 찾지 않아 맛은커녕 이름조차 잊었고. 문득 떠올랐을 만도 한데, 그러지도 않았다니 사라져버리고 만 것이다, 영영.

◆ 이 두 개의 봉분은 전쟁놀이의 주 무대였다. 그와 또래 대여섯은 나무로 만든 기관단총을 든 채 두 패로 나뉘어 고지 탈환전을 벌였다. 두 봉분은 각각의 고지였고. 어른들은 별말이 없었다. 어둑해질 무렵에는 산으로 조금 더 들어가, 그중 누군가 훔쳐 온 '새마을'을 나눠 피며 콜록거렸다. 어른들은 알면서도 모르는 척했다. 그들도 그렇게 컸을 터였기에. 예닐곱 살 무렵, 그가 그곳서 살 때 일이다.

95

른쪽 옆구리에 끼고 있던 그, 이제는 '너무' 큰 집*이 머리 부근만 겨우 남은 안봉산을 바라보며 서 있는 그 박동산이 사라지기 오륙 년쯤 전이었다.

서울로 이사 후 그가 아이에서 어른이 되는 동안 살았던 '다른 고향'들도 모두 사라졌다.▲ 일곱 살 절반 후부터 열 살까지 살았던 첫 집은 재개발로 사라졌다.■ 도로 한켠◆천막에서 떡볶이집을 하시던 순한 주인집 할머니가 가끔 가져다주시던 떡볶이의 맛을, 홍역으로 죽다 살아났던 그 조그만 단칸방의 쿰쿰한 냄새를, 단 한 번 크리스마스에 초콜릿 선물이 걸려 있었던 창살 사이로 들어오던 허약한 햇살을, 건너 동네를 바라보며 쪼르르 늘어선 채 각각의 방문만으로 구분돼 있던 대청마루에 딸린 세 옆집에서 하루가 멀다 하고 들려오던 드잡이 소리를, 여름이면 발아래 앞집 지붕 위를 흐르던 콜타르의 숨 막히는 끈적함을 더는 더듬어 맛보고, 맡고, 보고, 듣고, 느낄 수 없게 된 것.

초등학교 5학년부터 고2 전반 한 학기를 살았던 세 번째 집은 산복도로 공사로 사라졌다. 그의 이모부가 준 카세트에서 흘러나온 〈호텔 캘리포니아〉가 테이프가 늘어져 제 음을 잃을 때까지 반복되던 방과, 조악하기 그지

없었지만 숨죽일 수밖에 없는 명화가 그려진 '빨간 만화
책'을 숨겨 두었던 장판 밑과, 쏟아져 들어오는 가로등 빛
을 커튼 대신 막아주던 흐린 창과, 도대체 학교가 뭐라고 비틀
거리며라도 가기 위해 동치미를 댓 사발이나 먹게 했던 갈
라진 구들과, 시험공부를 한답시고 모여 킥킥댈 때면 그
의 어머니가 호떡과 부침개를 부치던 부엌과, 맞고 또 맞
는 어머니의 신음을 그저 듣고 있을 수밖에 없는 고통을

● 그에 따르면, '학곡(鶴谷)'을 그렇게 발음했던 듯하다. 근거는 이렇다.
"가끔이지만, 콩새나 어치, 산비둘기 대신 백로들이 밭 근처를 얼쩡거
릴 때가 있었거든요. 지척에 논들이 가득했고 밭은 한낮에도 대부분
이 그늘인 음지였으니 와 쉴 만도 한 데였고요."

★ 이 집은 일찌감치 도시로 나갔다 한참 뒤에 돌아온, 고향서 단 하나였
던 그의 동갑내기네다.

▲ 사라진 순서대로 썼다. 그럴 필요는 없지만, 왠지 '꼭' 그래야 할 것 같
아서. 다만, 서울 첫 집이 있었던 '약수동 산동네'는 사라진 순서로는
나중이지만, 재개발 전에 떠났다 하고, 재개발 이후엔 다른 델 가다 설
핏 봤을 뿐 다시 가보지 않았다 하여 맨 앞에 두었다. 왠지 그게 그곳
에 대한 예의 같아서.

■ 상경 후 살았던 곳들에서 '얼마나' 살았는지 그는 기억하지 못한다(그
의 기억, 아니 망각에 관해서는 다른 글 「그 이야기 1- 푸네스와 레너
드 쉘비 그리고 둘 사이」에서 이미 전했다). 그래서 그는 '주민등록표
초본'을 떼어다 놓고 퍼즐을 맞추듯 그 '얼마나'를 맞춰가며 내게 전했
다. 별걸 다 기억 못하는 그로서는 어쩔 수 없는, 하지만 최고의 선택
이었다. 그 선택에 대해 그는 이렇게 덧붙였다. "주민등록표 초본은 제
최고 걸작이군요. 비록 제가 쓰진 않았지만 말입니다."

◆ 그도 알고 있었다. '켠'이라는 말은 비표준어, 즉 쓰면 안 되는 말이라
는 것을. 하지만 그는 켠을 고집했다. '편'이나 '쪽'으로는 그 느낌을, 그
마음을 전할 수 없다며.

함께 견뎌주던 담벼락도 함께.

초등학교 3학년 2학기부터 4학년까지 살았던 두 번째 집과 고2 후반 한 학기를 살았던 네 번째 집, 고2 겨울 방학부터 재수를 시작할 때까지 1년 남짓을 살았던 다섯 번째 집도 모두 사라졌다. 첫 집처럼 재개발로였는데, 그곳들엔 이를테면 이런 것들이 있었다 한다. 처음 보는 지하 방이 뜨악해 약수동으로 돌아가겠다고 혼자 뛰쳐나와 어둠이 내리고도 한참 뒤까지 서성이던 골목길. 그를 미끄러뜨려 1층 계단에 머리 한가운데를 부딪치게 했던 이불이 널려 있던 옥상 난간. 전학생끼리만 한 반이어서® 서먹서먹해하던 그에게 먼저 말을 걸어준, 한동안은 종일을 함께 보냈던 한 여자애와 닿을 듯 닿지 못하고 걷던 골목들. 어느 핸가 큰비 오는 날 체육복 반바지만 입은 채 두어 시간을 미친놈처럼 고함을 치며 뛰어다녔던 큰길. 부서진 집들 여기저기서 불쑥 튀어나와 이제는 그곳이 제들 것이라는 듯 노려보던, 하여 이러지도 저러지도 못하고 떨며 서 있게 만들던 검은 개들. 늘 물이 흘러 들고날 때마다 언젠가 어머니를 덮쳤다던 산사태를 떠올리게 했던, 하여 자신도 모르게 치를 떨게 했던 돌 비탈.

벽지가 아니라 벽이 찢어진 작은방, 한번은 이불을

걷어냈더니 생쥐가 눌려 죽어 있던. 천장 한켠이 불룩한 큰방, 그의 할아버지가 와 계실 때는 앉은뱅이책상을 들여 지내기도 한 다락이 있던. 풍로가 있는 부엌, 솥을 밖 연탄창고에 넣어두고 써야 할 만큼 작았던. 지붕 들보에서 시작해 전봇대에서 끝나는 빨랫줄, 누군가 걷어가 버린 선물 받은 라코스테 티셔츠가 딱 한 번 걸려 있던. 내려다보는데도 숨이 찼던 골목길, 여름이면 종종 수채가 도랑이 되고 겨울이면 내내 연탄재가 '함부로' 깨져 있던. 대문 옆 변소를 창고로 바꿔준 공동화장실, 소변기 앞 거울이 거의 늘 깨져 있던 것 말고는 근방에서 가장 깨끗하고 가장 튼튼하고 겨울엔 가장 따뜻했던. 살다 한참 뒤 더해 얻은 옆집 방 두 개짜리 별채, 한동안 가위가 심해 늘 불을 켜두었던, 한 3개월 정도는 바비 다린 버전 〈Beyond the Sea〉가 가득 차 있던, 고2 막내를 꼬여 노트에서만 돈이 오가는 고스톱을 한동안 쳤던, 친구들이 일주일에 사나흘은 번갈아 찾아오던, 애인과 함께 올 때면 그때마다 내주었던, 한 번은 한 번밖에 만나 적 없는 친구의 친구가

● 3학년 2학기, 그가 전학한 학교는 4학년도, 5학년도, 6학년도 없었다. 같은 반 모두는 전학생이었고, 3년 6개월 후 그와 함께 1회 졸업생이 되었다.

모르는 친구 둘과 함께 와 이틀을 자고 갔던, 그리고 지금은 아내가 된 애인과 두 번째 밤을 보냈던. 이것들은 모두 그가 재수를 거치고 군대를 견디고 대학을 마치고 석사를 끝내는 동안 살았던, 두 번째, 네 번째, 다섯 번째 집과 함께 사라진 여섯 번째 집과 함께 사라진 것들이다.

"〈시네마 천국〉을 보는 내내 저는 토토가 부러웠습니다."

"네?"

갑작스런 영화 얘기에 나는 놀라 되물었다. 그러거나 말거나 그는 얘기를 이어갔고.

"알프레도 같은 친구를 가진 것 때문도, 엘레나와의 낭만적 사랑 때문도 아니었습니다. 그건 영화를 처음 봤을 때 부러웠던 것들일 뿐이지요."

"……."

"제겐 하루에 네댓 편씩 영화를 몰아보던 때가 있었습니다. 결혼하고 얼마 지나지 않았던 때였지요. 그때, 저는 〈시네마 천국〉을 다시 봤습니다. 그런데 알프레도도 엘레나와의 사랑도 전혀 부럽지 않더군요."

"……."

"그런 친구 그런 사랑 이야기는 많았고, 그만큼은 아닐지 모르지만, 제게도 있었으니까요. 대신 다른 것 때문에 토토가 부러워졌습니다. 그건 돌아갈 수 있는 곳이 토토에겐 있다는 것이었지요. 그때 저는 돌아갈 많은 곳을 잃은 뒤였기에 돌아갈 수 있는 곳이 거의 없었고, 있는 그나마도 사라지는 중이었기에, 천천히 빠르게 사라지는 중이었기에 그랬을 테고요."

거기까지 말한 뒤, 그는 주머니를 뒤져 지갑을 꺼냈다. 그러고는 어느 틈엔가에서 두 번을 반듯하게 접은 종이 한 장을 꺼내 내게 건네줬다. 거기에는 다음과 같은 시 비슷한 글귀가 적혀 있었다. 나는 천천히 그것을 읽었다. 속으로 여러 번.

떠난 사람은 돌아갈 수 있다
그곳이 슬픔이든 기쁨이든
가서 울든, 웃든

돌아갈 곳이 떠난 사람은 그저 머물러야 한다
슬프든 기쁘든
그래서 울든, 웃든

그 이야기 3"

내게 강 같은 평화

지구를 지켜라
복수는 나의 것

■ 이 이야기를 전하기 전, 그는 다음과 같이 말했다.
"이 이야기는 어쩌면, 천생 게으름에 관한 진지한,
그래서 더욱 꼴사나운 변명일지 모릅니다."

장준환
2003

박찬욱
2002

"자존심이 매우 강할 경우 기억은 굴복하는 쪽을 택한다."

"네?"

지갑에서 꺼낸, 반듯하게 두 번 접힌, 시 비슷한 글귀가 적혀 있는 종이를 건네받으며 그는 느닷없이 말했고, 나는 놀라 물었다. 갑작스레 화제를 전환하는 것이 그의 말버릇 중 하나인 듯했다.

"니체의 말이랍니다." ◆

"아, 네."

"제가 자존심이 강한지, 그렇지 않은지는 모르겠네

요. 다만 제 기억은 늘 굴복하는 것 같습니다. 원하는 것은 남고, 원하지 않는 것은 지워지니 말입니다."

"아, 그렇군요. 그런데 어떤 것을 원하고 어떤 것을 원하지 않는지 알고 계시는 건가요?"

"문제는, 바로 그겁니다. 제가 어떤 기억을 왜 원하고 왜 원하지 않는지 저도 모른다는 거죠."

"아, 그렇군요. 그럼 오히려……."

"괜찮습니다. 말씀하십시오."

"네. 그렇다면, 오히려 당신이 기억에 굴복하는 건 아닐까요? 기억이 당신에게 굴복하는 게 아니고요."

"물론 그런 생각도 해봤습니다. 그러나 그렇게 생각하고 싶지는 않더군요."

"아, 네. 그 마음, 알 것도 같습니다."

충분히 기분 나쁠 수도 있는 말이었는데, 그는 개의치 않고 말을 이었다. 하여 나는 좀 더 편하게 말하고 들을 수 있었다. 서로의 말이 어느 정도 무르익었을 때, 아니 대화의 끝이 느껴졌을 때, 나는 그에게 기억하는 가장 오랜 일을 물었다. 왠지 그의 기막힌 기억의 원인이 거기에 있을 듯해 대화 내내 꾹꾹 눌러왔던 질문이었다. 그는 말을 멈추고 생각에 잠겼다. 그리고 얼마 지나지 않아 두 개의 기억을 전했다. 매우 침착한 음성으로. 그가 얘기 끝에 전한 그 기억 중 하나, 다른 것보다 먼저인 그 하나는 다음과 같은데, 그 혼자만의 기억이어서 정확한 때는 알 수 없다 했다. 다만 고향서 살 때니 여덟 살 전이고, 포대기 위에 누워 있었으니 네다섯 전이었을 거라고 그는 추측했다.

그는 아무도 없는 집에서 홀로 깼다. 뒤쪽엔 광이 있고, 왼편엔 안방이 있는 마루였는데, 부엌까지 이어진 지붕 때문에 늘 어두컴컴한 곳이었다. 그는 느릿느릿 몸을 일으켰고, 앉아 가만히 귀를 기울였다. 할머니와 할아버지, 어머니와 아버지는 물론 두 살 터울 동생의 기척도 들리지 않았다. 여름 한낮이었는데, 매미 소리마저 없었다. 그는 생각했다. '울어야 하나? 울면 누군가 와줄까?' 그런 생각을 하며 그는 그저 가만히 앉아 있었다. 그의 기억은 여기까지다. 얼마나 오래 그렇게 앉아 있었는지, 결국은 울었는지, 누가 먼저 집에 왔는지, 돌아와 자신을 안았는

◆ 그에 따르면, 니체의 이 말은 융(카를 구스타프 융)의 책 혹은 융을 소개하는 책에서 읽고 메모까지 해둔 것인데, 그 책이 어느 책인지는 기억하지 못한다. 하여 나는 집에 있는 융 책을 뒤져보았다. 하지만 결국 찾지 못했다. 혹여 이 때문에 문제가 생긴다면, 그건 그의 잘못이 아니라 내 잘못이다. 당연하게도.

지 기억에 없다 했다. 다만 그럴 때면 자신도 모르게 속으로 되뇌는 한 노래의 한 소절을 그때는 부를 수 없었다는 것까지는, 그 한 소절을 그때는 알지 못했다는 것까지는 기억한다 했다.

그가 전한 가장 오랜 기억 중 두 번째 것은 첫 번째 것보다 한참 나중이고 하여 훨씬 선명한데, 그는 다음과 같은 말로 시작했다.

"저는, 적어도 제겐, 삶이 계속되는 한 평화는 없을 거라는 생각을 할 때가 있습니다. 가끔 혹은 자주. 그리고 그 '가끔' 혹은 '자주'인 때, 한 노래의 한 소절을, 나도 모르게 속으로 되뇌어 부르지요."

"……."

"그 한 소절은 '내게 강 같은 평화'인데, 그 노래의 나머지 가사는 모릅니다. 알 필요를 느낀 적도 없지요. 다만 이 한 구절이면 되니까요. 그만으로 부족할 때면, 영화 〈지구를 지켜라〉를 봅니다. 아니면 〈복수는 나의 것〉을. 아무 위로도 되지 않는다는 걸, 어떤 도움도 되지 않는다는 걸 잘 알면서도 말이지요."

도무지 연결될 것 같지 않은 그 말을 이어 그는 가장

오랜 기억 중 두 번째 것을 전했다. 역시나 매우 침착한 음성으로. 나는 첫 번째 것을 들을 때처럼 아무 말 없이, 추임새조차 눈빛으로 혹은 턱을 쓸거나 고개를 끄덕이는 것으로 대신하며 귀로 그의 입을 따랐다.

방학이었고, 여름이었다. 늘 그랬듯, 그는 시골 할머니 집*에서 보내고 있었다. 유유자적, 빈둥빈둥하며. 가끔은 아무 일도 없는데 허겁지겁하며. 겨울에 지게를 지고 나무를 해온 것처럼, 물지게를 지고 물을 길어오는 것으로 최소한의 밥값을 하며.★ 노는 게 일이었지만, 그 일마저 쉽지는 않았다. 동갑 친구가 한 명 있었는데, 왜인지 자주 볼 수 없었다. 두 살 터울 남동생이 있었지만, 그 나이 형제가 그렇듯 전혀 다른 세계를 같은 곳에서 살고 있었고.

유유자적과 빈둥빈둥이 한계에 이르면, 활치(족대)와 얼기미(어레미)를 들고 동네 곳곳의 물길을 훑었다. 어떤

● "할아버지 명의였을 테고, 돌아가신 것도 아니었지만 할아버지 집이라 부른 적은 없었습니다. 그 나이 사내아이라면 다 그런 줄 알고 있었는데, 나중에 보니 안 그런 사람도 많아 적잖이 놀란 기억이 있지요"라고 그는 덧붙였다.

★ 이 말을 전하면서 그는 "물론 제 생각일 뿐이지만요"라 덧붙였는데, 표정이 매우 쓸쓸했다.

날은 좀 먼 데까지 가기도 했는데, 그날도 그랬다. 한여름 낮이었기에 밭이든 논이든 일하는 사람이 없었다. 적막을 깨는 건 활치와 얼기미가 물과 부딪히는 소리뿐이었다.▲ 그랬는데, 먼 곳에서 큰 우레가 쳤다. 한여름이었으니 그리 놀랄 일은 아니었다. 그는 천천히 길로 올라왔다. 비에 옷을 적시면 할아버지의 지청구를 들을 것이기에. '빨래는 할머니가 하는데…….' 속으로 중얼거리며, '터벅터벅'이라는 부사를 실제 걸음으로 묘사라도 하듯 터벅터벅, 그는 걷기 시작했다. 큰 우레가 다시 친 건 저만치 할머니 집이 보일 때였다. 우렛소리는 뒤편에서 들려왔다. 그는 돌아 하늘 먼 곳을 바라봤다.

적란운이 피어오르고 있었다. 한여름 특유의 그. 검고 흰 것이 검은 것은 검게 흰 것은 희게 빛나고 있었는데, 형태가 빠르면서도 늦게, 늦으면서도 빠르게 변하고 있었다.❚ 말이 안 되지만, 그렇게만 느껴졌다. 그는 얼른 등을 돌렸다. 그리고 빠르게 걷기 시작했다. 뛰면 안 될 것 같았다. 구름이 자신을 덮칠 것 같았기에, 한꺼번에 쏟아져 감아올릴 것 같았기에. 하지만 걸음은 너무 느리게 느껴졌다. 그리고 그때, 유유자적과 빈둥빈둥의 평화는 느닷없이 깨졌다. 그리고 그때, 마음속 노래가 생겼다. 그는 그날 대문 턱을 넘을 때까지 '내게 강 같은 평화'를 속으로 읊조렸다. 오직 그 한 소절만을.

그 두려움이 왜 삶의 평화를 깨는 것처럼 느껴졌는지는 알 수 없지만, 그날 이후 그는 자신의 삶이 언제든 깨질 수 있는 작고, 얇고, 약한 것으로 여겨졌다. 형태를 짓자마자 형태를 잃어버리는 구름 같은 것으로. 실제로도 그런 듯했다. 장마가 산사태가 되어 어머니를 덮쳤을 때가 그랬고,♦ 어머니의 손가락 하나를 기계가 잘랐을 때가 그

▲ 그는 잠시 말을 돌려 "그때 잡았던 치리, 갈나리(피라미), 붕어가 소리를 내는, 소리를 낼 줄 아는 놈들이었으면 결과가 달랐을까요?"라고 물었는데, 나는 아무 대답도 하지 않았다. 그러지 '않는 것이 좋겠다는 생각이 들었'기에.

■ 왜인지는 잘 모르겠지만, 이 표현은 표절처럼 느껴졌다. 그래서 옮겨 적어둔다. 이 글의 평화가 깨질 수도 있을 듯하여.
"그 공간 안에서는 아무것도 눈에 걸리지 않았다. 아무것도 시선에 걸리적거리지 않았는데도, 시야는 눈알 속으로 밀려들어 와서 가득 찼다. 여기서는 보이는 것을 어떻게 그려야 하나 싶어서, 잠깐 차를 멈추고 들판의 끝쪽을 멀리 들여다보았다. 들여다보았더니, 꽉 찬 것과 빈 것이 같았고, 다만 말이 다를 뿐이었다. 이런 풍경은 그릴 수 없으니까, 그리지 않는 것이 좋겠다는 생각이 들었다."
김훈의 소설 『내 젊은 날의 숲』 일부다. 내게 있는 2010년 판본에는 56쪽에 쓰여 있다.

♦ "말씀드렸듯, 이 일은 제 기억에 없습니다. 어머니께 들어, 지금도 종종 듣고 있어 그저 '알고' 있는 일이지요. 하지만 분명, 그때 그 한 소절을 속으로 되뇌었을 겁니다. 기억할 수는 없지만, 분명히"라고 그는 단호한 음성으로 덧붙였다.

랬다. 부서진, 아침까지만 해도 멀쩡했던 집 잔해 위로 떨어지던 달빛을 봤을 때가 그랬고, 재개발에 밀려 다른 산동네로 이사하는 날, 이주 보상비를 써버렸다는 아버지의 말을 들었을 때가 그랬다. 그런 일들은 후로도 크든 작든, 가끔이든 자주든 있었다. 지금도 물론 있는데, 대개는 아버지의 전화가 그렇다. 그때마다 그는 '내게 강 같은 평화'를 속으로 되뇌어 불렀고, 부른다. 아무 위로도 되지 않는다는 걸, 어떤 도움도 되지 않는다는 걸 잘 알면서도.

"나는 무언가를 이루려는, 이루겠다는 생각을 하지 못합니다. 그것이 돈이든, 어떤 '자리'든, 그것에 힘쓰지 못합니다."

"……."

예의 그렇듯, 그는 갑작스레 화제를 전환했고, 나는 물음 대신 '괜찮다'는 의사가 최대한 잘 느껴지는 표정을 지어 보이며 말이 이어지길 기다렸다.

"언제든 깨질 것 같다고 생각하기에, 아니 언제든 깨질 수 있음을 알기에 그렇지요."

"……."

"같은 배우가 연기한 〈지구를 지켜라〉의 '병구'와 〈복수는 나의 것)의 '류'는 이미 깨진 삶 위에 서 있는 존재입니다. 산업화와 민주화라는 역사가 둘의 삶을 깨진 것으로 만들었고, 둘은 깨진 삶을 복원하기 위해 복수를 택하지요. 아, 얘기가 좀 거창한가요?"

"아, 아닙니다, 전혀."

"고맙습니다."

"고맙긴요. 말씀 계속하시지요."

"네, 알겠습니다. 어디까지 했었죠? 아, 복수. 그렇습니다. 둘은 복수를 택하지만, 그 둘의 삶은 언제든 깨질 수 있는 작고, 얇고, 약한 것이었기에 성공하지 못합니다. 그 두 영화가 그런 줄 알면서도, 깨진 삶이 그런 줄 알면서도 두 영화를 볼 때마다 저는 울지요. '내게 강 같은 평화'를 속으로 되뇌어 부르며, 부디, 그런 곳이 있다면, 그곳에서는 복수에 성공하길 간절히 바라며, 아니 복수 따윈 영화에나 필요한 평화로운 삶이길 간절히 바라며 말입니다."

그 말을 끝으로 길다면 길고 짧다면 짧은 대화는 끝났다. 물론 이런저런 마무리 말들이 있었을 테지만, 기억에 없다. 그의 망각의 원인을 조금이나마 알 수 있었는지도 역시 기억에 없다. 그와의 만남과 대화의 계기 혹은 이유가 그렇듯. 다만 이것은 기억한다. 잃은 기억들과 상관없이, 돌아갈 곳이 있든 없든, 그의 지금이 다만 평화롭기를, 부디 '내게 강 같은 평화'를 더는 속으로 되뇌지 않아도 되기를, 그럴 수 있다면 그의 삶에 강 같은 평화가 넘치기를, 하여 아무 위로도 되지 않고 어떤 도움도 되지 않는 두 영화를 잃은 기억처럼 잊을 수 있기를, 두 영화가 그에게만큼은 그에게서 떠난 곳들이 있는 곳으로 사라져버리기를 꽤 간절한 마음으로 바랐던 것은.

정글 칼에 떨어지는
물소의 목에 마음을
두들겨 맞다

지옥의 묵시록

Apocalypse Now

프랜시스 포드 코폴라
1979

〈람보〉나 〈코만도〉를, 하다못해 1년 전, 역시 단체관람으로 봤던 〈플래툰〉을 기대하며 한껏 부풀었던 녀석들은 1시간이 채 지나지 않아 좀을 쑤셔 했다. 그 극장이, 이제는 없어진 지 오래인 그 극장의 스크린이 너무 커서였을지도 모른다. 하긴 단체관람 영화로 2시간을 훌쩍 넘어 3시간에 닿는 영화를 누군가 선택했을 때, 아니 다 접어두고 〈지옥의 묵시록〉을 선택했을 때, 이미 정해진 일인지도. 녀석들은 이미 자리를 뜨거나 자리에서 마음을 띄운 지 오래였다. 맨 뒷자리에서 아이들을 살피던 선생들도 마찬가지였던 듯, 나가는 녀석을 막지도 주절거리는 녀석을 혼내지도 않았다.

"가자."

벌써부터 몸을 배배 꼬며 '뭐 이따위 영화를……' 툴툴대던 친구 녀석이 이윽고 말했다. 일부러인 듯, 목소리를 낮추지도 않고.

"……."

내가 대답이 없자 녀석은 제 얼굴을 내 얼굴 가까이로 들이밀었다. 아마도 자는가 싶어 그랬을 것인데, 평소엔 거의, 거의 볼 수 없는 또렷한 눈빛으로 스크린을 들여다보고 있는 걸 확인하고는 흠칫, 놀라기까지 했다. 다시 스크린을 향해 고개를 돌린 녀석은 '(I Can't Get No) Satisfaction'을 외치는 믹 재거의 음성이 키스 리처드의 기타 리프와 함께 극장을 울리자 조용히 몸을 일으켰다.

그러고도 한참 뒤, 영화는 끝났다. 영화가 끝나고, 엔딩 크레딧이 다 지나간 뒤에도 나는 자리를 뜰 수 없었다. 그러지 않은 것이 아니라 그럴 수 없었다. 〈발퀴레의 기행〉에 이어 네이팜이 베트남 시골 마을에 떨어지고 난 뒤, "I love the smell of napalm in the morning"이라고 킬고어 대령이 얇고 빠른 음성으로 말할 때, 그리고 한참 뒤 (단지 영화가 길어서가 아니라 너무도 먼 길을 가게 하는 영화이기에 그렇게 느낄 수밖에 없었다, 정말 '한참'이라고), 기어이는 정글 칼에 떨어지는 물소의 목이 스크린을 채웠을 때, '전쟁'이라는 것을 난생처음 '느껴'야 했으니까, 느끼고 말았으니까.

공부로 몸을, 현실을, 시간을 피한 채 시를 쓸 때(시를 쓰고 싶어 할 때), 소설가 동학(同學: 이 표현을 그는 어떻게 받아들일지 모르지만)과 술을 먹은 적이 있다. 그는 시인이기도 했는데, 아무려나 그날은 어찌어찌하다 보니 둘만 자리 끝에 남게 되었다.

"넌 왜 공부를 하니?"

말수가 많지 않았던 그였지만, 말 없는 시간이 조금 길어지다 보니, 그리고 신청한 음악들이 모두 지나가고 나니 어쩔 수 없다 생각했는지 시인이자 소설가는 물었다.

"시 쓰려고요."

딱히 대답을 듣고자 물은 게 아닌 것 같았는데도 주저 없이, 시인이자 소설가의 입장에선 답을 들을 준비 시간도 없이, 나는 대답했다.

"아……."

시인이자 소설가는 웃으며 끝이 흐린 말을 뱉었다.

그리고 잠시 머뭇거리는 듯하다 잔을 들어 건배를 청했다.

"뭐, 그런 거⋯⋯."

"⋯⋯ 같을 뿐이지만요."

술병을 들고, 빈 잔을 들고, 술을 따르고, 술병을 적당한 위치에 놓고, 왼손에 들린 잔을 오른손으로 옮기는 동안, 두 번에 걸쳐 대답을 한 뒤, 나는 잔을 부딪쳤다. 시인이자 소설가가 먼저 잔을 내려놓았고, 나중이랄 것 없이 잔을, 나도 내려놓았다.

"왜?"

느닷없는 질문을 그 순간, 시인이자 소설가가 던졌는데, '느닷없음'의 느낌은 내 심정 탓이라는 것을 그때도 나는 알고 있었다. 어째 그걸, 용케도 그나마는 알았던 것인데, 다시 한번 그럼에도 주저 없이, 시인이자 소설가의 입장에선 이번에도 답을 들을 준비 시간도 없이, 나는 대답했다.

"정글 칼에 떨어지는 물소의 목에 마음을 두들겨 맞아서요."

"응?"

이제는 안다. 시를 왜 쓰느냐는 대답에 '이래서'라고

대답하는 것이 얼마나 헛된 대답인지. 전쟁을, 감히 전쟁을 전쟁이 아닌 어떤 것으로부터 느낀다는 것이 얼마나 그릇된 느낌인지. 어린 소녀의 시체 옆에 내려앉은, 시체가 된 어린 소녀만큼이나 큰 콘도르를 찍은 사진을 보며 전쟁을 느꼈다고 말하는 것이, 뭐가 그리 터질 것 같았는지 비바람이 몹시도 부는 밤 산에 올랐다 누군가 묶어놓은 웃자란 풀들에 두회의 말처럼 걸려 넘어져선 시를 느꼈다고 말하는 것이 얼마나 부질없는 것인지. 하여 그날, 그 밤, 그 술자리에서, 그 시인이자 소설가는 더 묻지 않았을 테지. 그래서 말했을 테지. '그래. 그래서 넌 시를 쓰는구나. 그래. 그럴 만하네'라고, 빌어먹을.

시가 그렇듯, 전쟁은 앎의 대상이 아니다. 그것은 느끼는 것이고, 아이러니하게도 느낌의 영역을 벗어난 저만치에 있는 것이다. 그 벗어난 저만치를 〈지옥의 묵시록〉은 보여주었던 것인데, 〈인생은 아름다워〉와 매우 반대편에 있는 듯하지만, 사실 둘은 그리 멀지 않다. '심연'을 어떤 방식으로 들여다보는가의 차이만 있을 뿐! 나는 그 심연을 문득, 봤고(정확히는 봤다고 생각했고), 그날 이후, 그 심연과 같은 무언가를 쓰려 했다. 적어도 '커츠' 대령의 실루엣만큼은 되는 시를. 적어도 마틴 쉰 위를 돌고 있던 선풍기 날개들만큼은 되는 시를. 전쟁을 느꼈다고 감히 생각하면서, 그 느낌의 영역 저편에 관해서는 손톱만큼도 모른 채, 꽤 오랫동안을, 부끄럽게도.

후.

난 사극을 잘 보지 않고, 역사 속 전쟁을 담은 영화는 더욱 보지 않는다. 마지막 직전 영화가 〈줄무늬 파자마를 입은 소년〉이었을 것이다. 안 보는 이유는 돌이킬 수 없는 아픔을 돌이켜보는 것이 나로서는 너무 힘들고 답답하기 때문이다. 기억해야만 한다는 것, 그러기 위해서는 끊임없이 보고 생각해야 한다는 것을 잘 알면서도 고작 그 이유로 보지 않는 것인데, 나로서는 이 또한 너무 힘들고 답답하다. 〈줄무늬 파자마를 입은 소년〉 다음 〈액트 오브 킬링〉을 본 것은, 〈판의 미로〉를 다시 본 것은, 〈신 레드 라인〉을 다시 보다 만 것은 그 때문이다. 그런데도, 하물며 이 글을 쓰면서도 〈지옥의 묵시록〉은 다시 보지 않았다. 〈인생은 아름다워〉를 다시 보지 않고 그에 관해 쓴 이유와 같다. 두 영화는 너무 힘들고 너무 답답해서 나로선 그럴 수밖에 없었다. 내게 두 영화는 너무 벅찬 영화인 것이다. 시처럼, 시 같이.

애 떨어질 뻔했네

올드보이

박찬욱
2003

〈올드보이〉를 보는 내내 놀랍고 즐거웠다. '도대체 이런 영화를 어떻게?' 하는 마음이었다. 헌데 마지막 부분에서 실망하고 말았다. 최면이라니. 최면이 없으면 그 정도의 비극은 우리 삶에서 불가능하다 생각한 것일까? 영화를 곱씹을수록 화가 치밀었다. 이 화는 아주 나중, 〈겟 아웃〉을 보며 다시 한번 올라온 그 화였다. 벌써 그 역사는 최면이 없으면 돌아볼 수 없을 정도로 가벼워졌다 생각한 것일까?

캐네스 브래너의 〈환생〉이나 〈얼굴 없는 미녀〉 같은 영화는 최면 없이는 전할 수 없는 이야기니 다른 건 몰라도 최면은 괜찮았다. 〈더 셀〉이 꿈 없이는 전할 수 없는 이야기여서, 〈플랫 라이너스〉가 가사(假死) 없이는 이뤄질 수 없는 사건이어서 괜찮았던 것처럼. 〈오픈 유어 아이즈〉나 〈이터널 선샤인〉 또한 마찬가지, 시공간을 뒤집고 뒤섞어야만, 현실과 가상을 어사무사하게 표현해야만 전할 수 있는 이야기니 괜찮지 않을 수 없었다.

하지만 〈올드보이〉는, 내겐 절대 괜찮지 않았다. 그래서 나는 이 영화에서 두 개만 남겼다. 저 유명한 '장도리 신'과 '누설'이라는 어떤 종류의 말 혹은 이야기. 이 중 전자는 눈의 즐거움일 뿐이기에(어쩌면 내게 내재한 폭력성의 대리만족일 수도 있지만) 이에 대해서는 뭐, 더할 말이 없다. 더 하는 게 장도리 맞을 짓일 수도 있고.

달리, 후자에 관해서라면, 슬프게도, 안타깝게도 전할 말, 정확히는 전할 이야기가 있다. 전하고 싶지 않지만, 전할 수밖에 없다. 누구를 위해서가 아니라 〈올드보이〉를 가지고 쓰는 이 글을 위해서. 벗에게는 미안하지만, 어쩔 수 없다. 누설에 관해 쓰고 싶은 게 오직 그 누설 말고는 없으니. 그나마 '해줄' 수 있는 일이라곤, 최대한 짧게 쓰는 것 빼곤 없으니. 벗이여, 부디 이 누설을 용서해주길.

'착한 사람 콤플렉스' 같은 게 있다면, 딱 녀석이었다. '저러자면 저는 얼마나 답답할까 하는 생각이'▪ 절로 드는. 자주 취하는 나를 자주 데려다준 것도, 그땐 나를 탐탁지 않아 하던 아내가 있는 자리면 나를 불러준 것도, 휴가 복귀가 늦어 급하게 차를 타야 했을 때 부대에 전화를 넣어준 것도, 프린터는커녕 컴퓨터도 있는 집이 별로 없던 때 내 시답지 않은 시를 묶어 시집을 꾸려준 것도, 평론을 써보겠답시고 이런저런 고민을 할 때 제 글마냥 함께 고민해준 것도, 제 연애가 아픈 와중에도 내 연애를 걱정해준 것도, 나는 버리고 없는 내 시들을 모아 대학원 입학 선물로 준 것도, 쪼들렸을 게 뻔한데도 어학연수를 끝내고 돌아올 때 내 몫으로 루 리드와 INXS의 LP를 챙긴 것도, 허리에 좋다며 듀오백 의자를 집들이 선물로 준 것도, 첫 수업에 들어가 보니 맨 뒷자리에 회사를 빼먹고 앉아 있던 것도 녀석이었다.

그런 혹은 그 비슷한 일을 나 말고도 여럿에게 해줬고, 해줬을 테니 그러는 동안 저는 얼마나 힘들었을까? 그

▪ 이성복의 시 「높은 나무 흰 꽃들은 뻘을 세우고 19」 중 한 구절이다. 문학과지성사에서 펴낸 『호랑가시나무의 기억』 1994년 판, 29쪽에서 온전한 시를 읽을 수 있다.

런 저를 문득 돌아볼 때, 저는 얼마나 답답했을까? 늘 집 근처로 오다 아주 가끔 제집 근처로 나를 부른 건, 취한 나를 아주 가끔 다른 친구에게 맡긴 건, 제 연애가 크게 아플 때 나를 끌고 '땅끝'에 간 건, 가선 술도 몇 잔 하지 않고는 "어? 왜 우리 둘밖에 없냐? 분명 셋인 줄 알았는데"라고 말해 잠을 설치게 한 건, 단 한 번 처음 약속을 취소한 건, 아주 가끔 술 말고 차를 먹겠다 한 건, 제 아닌 누군가를 힘들게 하는 다른 누군가를 욕 없이 욕한 건 그 답답함 때문이었을까? 그 일, 그러니까 '누설'은 그 답답함이 저는 감당 못 할 만큼 커져 한, 할 수밖에 없었던 것이었을까?

같은 공부를 했지만, 똑똑한 데다 나중 관심이 달라진 녀석이었기에 나로서는 뭘 하는 회사인지 알 수 없는 곳에서 어떤 일인지 알 수 없는 일을 하던 날 중 하루, 그 일, 그러니까 누설은 벌어졌다. 책상을 정리하던 중이었는지, 아님 그저 서류 하나를 옮기던 중이었는지는 정확하진 않다. 녀석 책상 위에 있던 것들이 우르르 쏟아졌다. 대수롭지 않은 일이었다. 그저 주워 올리기만 하면 끝나는. 그런데 대수롭지 않은 그 일이 대수로운, 아니 대수로움을 넘어 뼈아픈 상처가 되었다. 그 말을 들었을 그녀는 어쩐지 모르나 그 말을 한 녀석은 이 글을 쓰는 오늘까지 가끔 꺼내 상처를, 여전히 뼈아파하며 확인하는. 한마디였다.

"애 떨어질 뻔했네."

녀석 자리에서 그리 많이 떨어지지 않은 자리는 유산한 지 얼마 안 된 동료의 자리였다. 착한 녀석이었기에 제 할 만큼 맘을 써주었던, 그런 녀석이었기에 그쪽에서도 좋은 마음을 가졌던. 그 말끝, 아니 그 말이 채 끝나기 전 녀석이 한 일은 그 자리를, 아니 그녀를 확인한 것이었다. 그 짧은 새, '자리에 없기를, 부디 없기를' 몇 번이고 되뇌고 바라면서. 하지만 자리는 빈 채가 아니었다. 녀석은 떨며 떨어진 것들을 수습했고, 더는 아무 일도 없었다. 떠는 음성으로, 말까지 더듬어가며, 약간은 울먹이기까지 하며 녀석이 전한 누설의 전모다. 이후를 묻지 않아, 물을 수 없어, 아니 물어선 안 돼 더는 알 수 없는.

착한 녀석이었으니 더 마음이 쓰였을 것이다. 남자인 제가 해줄 수 있는 일이 아무것도 없었기에 더 힘들었을 것이다. 그래서 더 답답했을 것이다. 그 둘 모두 때문에. 답답함은 쉬이 사라지지 않았을 것이다. 매일 그녀를 만나야 했고, 일 때문이든 아니든 얘기를 나눠야 했을 테니까. 그럴수록 답답함은 커졌을 테니까. 그 일, 그러니까 누설이 벌어진 건 그 답답함이 커질 대로 커진 날 중 하루였을 것이다. 글을 쓸 때조차 쓸 일이 별로 없을 그 말을 한 것은 녀석이 아니었을 것이다. 커질 대로 커진 그 답답함을 없앨, 조금이나마 덜 기회를 호시탐탐 노리고 있던 녀석 안 다른 녀석의 누설이었을 것이다. 그 일 때문에 답답했으니 그 일을 말로 내뱉곤 시치미를 뚝 뗀. 녀석 안 다른 녀석도 녀석에겐 자기인지라 녀석은 다른, 그리고 더한 힘듦과 답답함을 갖게 됐을 것이다. 착한 녀석이었기에 그 힘듦과 답답함은 '너무' 컸을 것이다. 뼈아픈 상처가 될 만큼. 그 상처가 '너무' 크고 뼈아파 녀석은 이 글을 쓰는 오늘까지 가끔 꺼내 상처를, 여전히 뼈아파하며 확인하는 것일 테고.

프로이트는 이 비슷한 답답함, 그의 용어로는 (이 비슷한) '억압'에 관해 쓸 때, 다음과 같은 누설, 그의 용어로는 '말실수'를 예로 사용했다.

우리나라의 국회의장이 언젠가 개회사를 하면서 다음과 같이 서두를 꺼냈습니다. "여러분, 나는 의원 여러분들의

출석을 확인하면서…… 이 회의가 '폐회'되었음을 선언합
니다."◆

얼마나 회의가 싫었으면, 그 답답함이 얼마나 괴로
웠으면 국회의장 속 다른 국회의장은 이렇게 누설했을
까? 그 답답함이 얼마나 괴로웠으면, 입말은커녕 글말로
도 잘 쓰지 않는 그 말을 녀석 속 다른 녀석은 그렇게 누
설했을까? 여기까지 썼을 때, 문득 궁금해졌다. 오대수의
그 대수롭지 않은 말, 하지만 이우진에겐 비극의 시작이
자 끝이 된, 하여 오대수에게도 비극의 시작이자 끝이 된
그 누설은 프로이트가 말한 '말실수'였을까? 그렇다면 그
누설은 어떤 답답함이 벌인 일일까? 그 누설을 한 오대수
속 다른 오대수는 어떤 오대수일까? 그가 '오늘도 대충 수
습하며' 사는 오대수가 아니라 녀석 같은, 그래서 그 누설
을 뼈아픈 상처로 간직할 오대수였다면, 애초에 누설이
있었을까? 이우진과 오대수, 오대수와 이우진의 비극은
없지 않았을까?

◆ 이 예는 열린책들에서 펴낸, 임홍빈·홍혜경 번역의 『정신분석강의』
2011년 판, 44쪽에서 옮겨왔다. 책은 따옴표와 작은따옴표 대신 다른
기호를 썼는데, 옮기며 고쳤고, '폐회' 옆에 함께 적은 원어도 뺐다.

여기까지 생각했을 때, 나는 깨달았다. 〈올드보이〉를 오해하고 있었다는 걸. 최면은 안이한 선택이 아니라 누설에 관해 이야기하기에 더없이 적당한 선택이었다는 걸. 〈올드보이〉의 최면은 뼈아픈 누설의 상처를 꺼내 뼈아파하며 상처를 확인하기 위한 필연적 선택이었다는 걸. 그렇다면, 〈올드보이〉의 최면이 그런 거라면, 이 글, 아니 나의 이 누설은 뭐가 되는가? 나는 도대체 이 누설을 왜 한 것인가? 도대체 무엇이 이 누설을 하게 한 것인가? 그 누설을 한 내 속의 나는 무엇이 그리 답답했던 것인가?

후.

끝내려다 시작해야 하는 글이 되었다. 하지만 그냥 끝내기로 한다. 내 안의 다른 나를 (최면도 없이) 내가 만나는 건 아무짝에도 쓸모없는 일이니까. 결국 그건 만나지 않은 만남이 될 테니까. 그러니 이 끝은 대충 한 수습이 아니다. 이 끝은 다른 누구도 함께 못할 답답함의 시작이자 그 답답함의 정체를 찾는 되새김의 시작이다. 그 끝에 웃음이 있을지 울음이 있을지는 알 수 없다. 다만 웃는다면 함께일 테고, 운다면 혼자일 것이다. "웃어라, 온 세상이 너와 함께 웃을 것이다. 울어라, 너 혼자 울 것이다"●

라는, 영화에 인용된 시 구절처럼.

● 19세기 미국 시인 엘라 휠러 윌콕스의 시 「The Way Of The World」
의 첫 구절로 원문은 이렇다. 'Laugh, and the world laughs with you;
weep, and you weep alone.'

디지털 솔리튜드
혹은
솔리테어

에브리바디스 파인
Everybody's Fine

커크 존스
2009

이제는 서로 다 커 형, 동생 간의 '쟁투'가 사라진 둘째와
가끔 이런 통화를 하던 적이 있다.

"잤어?"

"아니."

"거 왜 누구지? 〈영건〉에 나왔던……."

"〈영건〉에 누구?"

"왜, 젤 미친놈."

"에밀리오 에스테베즈?"

"아 맞다. 걔가 찰리 쉰 형 맞지?"

"응."

"(거봐, 맞지?)"

"그거 물어보려고 전화한 거야?"

"응. 고마워, 잘 자."

"그려. 술 대강 먹고……."

"응."

이런 통화도.

"잤어?"

"아니. 왜, 또?"

"그 노래 뭐지?"

"뭔 노래?"

"커트 코베인이 기타 치면서 부르는……."

"걔가 기타 치면서 부르는 노래가 한두 곡이냐?"

"아, 말고, 언플러그? 뭐 그걸로."

"언플러그드?"

"응."

"더 맨 후 솔드 더 월드?"

"아, 맞다. 그 노래 원래 가수가 누구였지?"

"데이빗 보위."

"아, 그래, 맞다."

"됐냐?"

"어, 잘 자. (거봐. 형은 알 거라고 했잖…….)"

"술 대강 먹고, 일찍 들어와."

"오케이!"

한편, 동생보다 더 가끔, 해준 것도 없고 해줄 수 있는 것도 없는데, 왜인지 나를 따르던 후배와는 이런 통화를 하던 적이 있다.

"형, 잘 지냈어요?"

"어, 그래. 늘 그렇지 뭐. 너도 잘 지냈지?"

"네. 뭐 좀 물어보려고요."

"그려."

"근대시 중에 자벌레 나오는 시 제목이 뭐지? 당최 생각이 안 나네."

"산비 말하는 거야?"

"뭐라고요?"

"산비, 백석."

"아, 산비. 그 시 제목이 그거였나?"

"그려. 시에 비하면 제목이 좀 구리지."

"그러네. 백석이라고요?"

"응."

"그렇군."

"논문은 잘 돼가?"

"뭐, 그냥 쓰는 거죠."

"그려, 그냥 쓰는 거지. 니 말이 정답이네."

"언제 학교로 한번 놀러 갈게요."

"그려, 이번 학긴 수요일 수업이니 오려면 수요일에 오고."

"네. 이번 학기도 1시에 수업 끝나는 거죠?"

"응."

"알았어요. 갈 때 연락드릴게요."

"그려. 수고혀."

"네, 형도요."

후배보다 더 가끔은 선배이자 스승과 이런 통화를 하던 적이 있다.

"오, 형님, 잘 지내셨습니까?"

"그려, 너도 잘 지내지?"

"저야 뭐, 늘 여일하지요."

"여일, 거 좋지."

"왜, 무슨 일 있으세요?"

"아니, 일은 무슨."

"형수님도 안녕하시죠?"

"그럼, 집사람도 잘 있지."

"……"

"뭐 하나 물어보려고."

"네."

"지난번에 맛있다고, 가자고 했는데 못 갔던 데가 어디지?"

"언제요?"

"지난번 홍어 먹을 때. 비 오시던 날."

"아, 거기요. 실비순대국이요."

"내장탕 잘한다고 하지 않았나?"

"맞아요. 근데 가게 이름은 실비순대국이에요."

"그렇군. 어디라고 했지?"

"시장 입구에서 두 번째 블록 첫 번째 집이요. 도로

오른편이고요."

"오른편, 두 번째 블록……."

"근처 오셨어요?"

"어, 거래처 왔다가 점심 먹으려는데 그 집 생각이
나서."

"아, 그러셨군요."

"나갈까요?"

"아니, 거래처 사람이랑 먹을 거라."

"아, 네."

"끝나고 전화할게, 홍어나 또 먹자."

"아, 네. 전화주십쇼."

"그려, 준비하고 있으셔."

"넵!"

이런 통화를 한 지, 그렇게나마 서로를 '좀 더 자주'
묻고 산 지 오래다. 특별한 일이나 있어야 그 참에 서로를
묻게 된 것이다. 스마트폰이 통화의 수고를 대신해준 후
부터다. 난 전화를 잘 안 하는 편이고, 외로움도 그리 많
이 타지 않는다(고 생각한다). 그러나 언제부턴가 불쑥, 외
로움이 느껴질 때가 있다. 그런 날은 유난히 술이 쓰다.

잘 안 하는데도, 전화를 해주던 이들 덕분에 외로움을 느낄 틈이 없었다는 것을 이제는 알게 됐는데, 그 앎이라는 것이 외로움에는 아무 소용도 없다. 대개의 앎이 그렇듯. 아무려나, 그래서 요즘 궁리 중이다. 막 첫 전화를 갖게 된 아홉 살 조카에게 이것저것 물어볼까 하고 말이다. 물론 전화로. 그러다 보면 그들에게도 좀 더 자주, 먼저 전화할 수 있지 않을까? 할 수 없어 못 한 것은 아니었지만.

〈에브리바디스 파인〉은 디지털과는, 스마트폰과는 별 관계가 없는 영화다. 영화를 보면서도 둘(이자 하나)을 생각하지 않았고. '드니로는 여전하시군' 정도를 생각했을 뿐. 그런데 며칠 후, 술이 쓴 날, 영화가 떠올랐다. 그와 함께 전화들도. 하여 이 글과 〈에브리바디스 파인〉이 엮였을 뿐이다, 그저. 아, 물론 외로움에 관한 이야기라는 공통점은 있다. 외로움을 내치려 무언가를 궁리하는 이야기라는 공통점도. 아니다. 그건 아니다. '프랭크 굿디'는 궁리 다음 무언가를 실행했으니. 그래서, 공통점을 더 공통점이게 해줄 궁리 다음 무언가를 더해 본다. 별것 아니지만, 사족임을 알면서도.

먼 데는 먼 대로

가차운 데는 가차운 대로

좀 더 서로를 묻자

궁금한 것이 없어도

여름새들이 매일 아침

놀이터 나무에게

그리고 창을 연 채 잠든 우리에게

묻듯, 그렇게

중독에 중독된 삶,
뭐, 그렇다는

어딕션

The Addiction

아벨 페라라
1995

삶은 기본적으로 중독이다. 습관부터 윤리까지, 모든 것은 좋든 싫든, 중독이다. 이런 생각을 하게 된 건 꽤 오래전인데, 배운 지는 좀 더 오래다. 프로이트의 '반복강박', 죽음으로 향하지만 삶을 견디게 하는 존재의 몸부림을 읽었을 때, 그리고 〈어딕션〉을 봤을 때다. 포이어바흐, 키르케고르, 니체, 하이데거, 사르트르, 그리고 피카르트 등 이름은 가깝지만, 이해는 머나먼 존재들이 난무하는, 한동안 '아벨 페라라'라는 이름이 머릿속을 떠나지 않게 했던.

그렇게 먹기 시작한 것이 언제부터인지 기억나지는

않는데, 술을 일주일에 여섯 날 먹는다. 딱 소주 두 병씩 (아주 가끔은 한 병 반이나 세 병도). 소주 말고는 먹지 않는다. 물론 식구들의 저항이 심했는데, 모든 일이 그렇듯 반복하는 동안 자연스레 일상이 되었다.ᐥ 그 일, 그러니까 일주일에 여섯 날도 아니고 매일, 어떤 날은 낮술까지 더 하는바, 1년에 366일 술 마시는 일을 한다 농을 던지곤 하시던 은사의 주론(酒論), '장복론(長服論)'은 잘 먹히지 않아 일찌감치 거뒀는데도. 뭐, 그렇다는 말이다.

어떤 노래에 꽂히면 그 노래가 지겨워질 때까지 듣고, 또 듣는다. 가사에는 별 관심을 두지 않아 그 때문에 그만두진 않는데, 그런 노래들은 가끔 훗날, 뒤통수를 때린다. 이를테면 〈보헤미안 랩소디〉처럼. 하여 가사에도 제법 신경을 쓰려 하지만, 처음 몇 번이 지나면 그만이다. 최근 듣고 또 듣는 노래는 자우림의 〈있지〉, 넬의 〈멀어지다〉와 〈기억을 걷는 시간〉, 플리트우드 맥의 〈Seven wonders〉, 더 위켄드의 〈Save your tears〉, 마룬5의 〈Girls like you〉다. 이중 〈Seven wonders〉는 듣고 또 듣기 2회차다. 그렇다. 심지어 지겨워(혹은 지쳐) 밀어둔 노래를 다시 끌어와 듣고 또 듣기도 하는 것이다, 나는. 닐 영의 〈Heart of gold〉가 그랬고, 커트 코베인의 〈The Man Who Sold

The World〉가 그랬으며, 집시 킹스의 〈Volare〉와 요한 스트라우스의 〈On the Beautiful Blue Danube〉가 그랬다. 아, 부에나 비스타 소셜 클럽의 〈Chan Chan〉도. 뭐, 그렇다는 말이다.

내게는 나도 모르는 새 그렇게 하는, 하고 나서야 하고 있음을 깨닫는 습관이 둘 있다. 하나는 숫자 세기다. 부지불식간 속으로 숫자를 세는 것인데, 주로 편집증 성향을 지닌 사람이 그렇게 한다는 글을 어디선가 읽은 적이 있다. 숫자에 일찌감치 질려 공부도 살이도 숫자에서 되도록 먼 것을 택해왔는데, 도무지 영문을 알 수 없다. 내게 할당된 숫자의 양을 그렇게라도 채워야 하는, 일종의 '에너지 총량의 법칙'인 것일까? 다른 하나는 "애들은 학교 잘 다니고?"라는 말을, 그 말이 전혀, 아니 절대로 알맞은 상황이 아닌데도, 속으로 되뇌는 것이다. 지금이야

■ 저항이 완전히 사라진 건 아니다. 몸이 조금이라도 안 좋아 보이면(몸이 안 좋아도 안 좋다는 말은 절대 하지 않는데, 식구인지라 귀신 같이들 안다), 바로 절주(節酒)의 압박이 들어오니까(누구도 금주까지를 요구하지는 않는다. 안 되는 건 안 되는 것 정도는 식구인지라 잘 알고 있기에). 그럴 때면, 몸에 좀 더 주의를 기울인다. 그러면 대개 곧 괜찮아지고. 절대 주(酒)를 버릴 수 없다는 의지 덕분인데, 아이러니하지만, 술이 건강의 비결인 셈이다. 적어도 내겐, 아직까진. 이 술과 건강, 건강과 술에 관해서는 다른 글 「오로지 술, 죽음은 말고」에서도 읽을 수 있다.

149

대학 간 애를 가진 친구도 있으니 그럴 수도 있겠다 싶지만, 저 말을 되뇌기 시작한 것이 중학생 무렵이니 이 또한 도무지 영문을 알 수 없다. 누군가 엄마나 아빠에게 그렇게 말하는 것을 들었을 때, 그 말이 뭐라고 각인이라도 된 것일까? 그만큼이나 어른의 관심을 바랐던 때가 있었던 것일까? 뭐, 그렇다는 말이다.

"어떻게 그럴 수 있어?" 햄버거를 먹으며 책을 읽는 진에게 캐슬린이 건네는 말이다. 아, 물론 〈어딕션〉에서. 할아버지와 밥을 먹을 때는, 숟가락과 젓가락을 한꺼번에 쥐면 안 됐다. 숟가락은 들고 있거나 국그릇에 넣어놓거나 해야 했다. 젓가락은 쓸 때 말고는 상에 올려놔야 했다. 좋지도 싫지도 않아 지금도 그렇게 밥을 먹는데, 캐슬린도 그 비슷한 식사법에 중독된 사람인 듯하다. 이를테면 '밥을 먹을 때는 밥만!' 같은 조항이 있는.* 뭐, 그렇다는 말이다.

"존재는 습관에서 위안을 찾는다. 습관은 인간의 유일한 위안이다. …… 나는 중독된다. 고로 존재한다."

역시 캐슬린의 말이다. 나는 이 말에 지극히 공감한다. 삶은 기본적으로 중독이라고, 그 중독의 근원이자 발현인 습관은 '유일'까지는 몰라도 더없이 큰 위안이라고 생각하니까. 인간은 그런 의미에서, 이렇게 표현하는 것이 가능하다면, '호모어딕셔니쿠스'라 생각하니까.

하지만 자유(의지)라는 이름으로 포장된 욕망(허기)을 채우기 위해 타인을 해하는(무는) 괴물(뱀파이어)은 되고 싶지 않다. 적어도 어떤 윤리, 그러니까 모든 폭력이 그렇듯, 누구도 다른 사람을 물어 다른 존재로 만들면 안 된다는 윤리는 중독되어 마땅하니까. 뱀파이어를 무는 뱀파이어 페이나의 말마따나 그 중독을 버리는 것은 '낫씽', 곧 '무(無)'가 되는 것이니까. 뭐, 그렇다는 말이다.●

◆ 그랬다. 말을 하는 것은 물론 TV도 보면 안 됐다. 일요일 아침은 〈은하철도 999〉를 하는 시간이었는데도. 그래서 이 둘은 일찌감치 식사법 조항에서 빼버렸다. 할아버지의 허락을 받진 않았다. 그럴 수 없게 된 뒤였기에.

● '뭐, 그렇다는 말이다'를 반복하는 이유는, 영화를 본 사람은 이미 알아챘겠지만, 영화에 미안해서다. 아우슈비츠와 베트남의 학살을 모티프로 '악의 평범성'과 중독성을, 그리고 참회와 구원을 이야기하는 영화를 가지고 '겨우' 이런 얘길 하는 것이.

오로지 술,
죽음은 말고

어나더 라운드
Another Round

토마스 빈터베르그

2020

한껏 기대하고 본 영환데, 싫었다. 술 영화니 제대로, 아니 오로지 술이었으면 싶었는데, 술은 곁다리였다. 하물며 영화는 술과 죽음을 붙여놓았다. 〈리빙 라스베가스〉가 더없이 잘 그렇게 했음에도, 과감히. 아니 (내겐) 감히. 물론 두 죽음이, 정확히는 두 술이 다르다는 건 잘 알고 있다. 하나는 살기 위한 술이고, 하나는 죽기 위한 술이라는 것. 실은 그래서 더 싫었다. '살기 위한 술 끝에 죽음을 굳이 왜?'

　생각이 거기에 닿았을 무렵, 싫음을 넘어 화가 났다. 동시에 강한 욕구가 솟았다. '오로지 술에 관한, 오로지 술을 위한 글을 쓰자.' 생각이 머리와 가슴을 채우고 나니, 못할 것 없는 일인데도, 절실해졌다. 예의 그 중독의 발현. "별것 아닌 것일수록, 아니 별것 아닌 것만 더 절실해지는."▪ 이어지는 일종의 연대기, 좀 더 정확히 말해 '오로지 술에 관한, 오로지 술을 위한 연대기'는 바로 그 중독이 쓴 것이다. 술 얘기를 군대 얘기만큼이나 질색하는 당신이라면(군대 얘기가 나오기도 하니까), 건너뛰고 마지막 '후' 부분만 읽기를 권한다. 사실 그만으로 충분하니.

발단

술을 처음 먹은 건, 기억에 없다. 술을 먹은 첫 기억은 어사무사한데, 고2 겨울방학 시작 날인 듯하다. 친했던 앞번호◆ 두 녀석과 함께. 안주는 순대볶음이었고 장소는, 울퉁불퉁한 흙바닥 위에 둥근 은빛 테이블을 한두 개 놓고 파랗거나 빨간빛 의자 서너 개로 그 테이블을 두른, 테이블 앞이나 옆, 꼭 그 테이블 두 개 정도 넓이의 간이주방에서 순대를 데우고 채소를 다듬는 아줌마가 사장인 곳 중 하나였다. '신림' '서울' '시장' '전라도' '엄마' 등등

성은 각각 다르지만, '순대'라는 이름은 같은 간판을 매단 그런. 고2밖에 안 된 놈이 할 말도, 할 수 있는 말도 아니지만, 오랜만에 맛보는 소주 맛은 오랜만에 친구를 만난 맛이었다. 오랜만에 만난 친구가 실은 악연이었는지, 끝은 좋지 않았지만. 마지막 잔을 내리고 불과 30분 뒤에 먹은 것 모두를 되올렸으니까. 첫 되올림을 시작한 녀석 등을 두드리다 되올림을 시작한 두 번째 녀석 등을 두드리다 그만.

좀 더 선명한 다음 술 기억은 소위 '백일주'였다. '학력고사 100일 전 거치는 일종의 통과의례. 공부 좀 하는 놈들은 마음을 다잡기 위해, 공부에 별 관심이 없던 놈들은 화들짝 놀란 마음을 다잡기 위해,● 공부 좀 하는 놈들

■ 같은 중독의 조금 복잡한 버전을 다른 글 「어쨌든 '카버'로 쓴」에서 읽을 수 있다.

◆ 그땐 그랬다. 키순으로 배열, 제일 큰 놈이 1번, 제일 작은 놈은 그 교실의 학생 수. 70명에서 하나나 둘 정도 모자란 교실에서 내 번호는 대개 60번대 초반이었다. 중고등학교 내내. 지금이야 난리가 날 일이지만, 따지다 보면, 그건 난리커녕 '어?' 할 수준도 아닌 온건한 것이었다. 지금 눈으로 보면 그땐, 그따위 말고도 난리가 날 일이 차고 넘쳤으니까. 그중 하나. 그땐 고등학교 2학년 세 놈 손님에게도, 물론 (어떻게 고등학교 2학년이 그리될 수 있었는지는 몰라도) 단골이어야 했지만, 소주 한두 병 정도는 내줬다. 조심이든 눈치든 어른의 마음이든 때문이었는지 딱 그 정도만 내주는 게 불문율이었는데, 실은 더 내줄 필요도 없었다. 그거면 충분했으니.

은 대개 가족과 함께, 공부에 별 관심 없던 놈들은 대개 비슷한 등수의 친구와 함께 마시는 술 혹은 술을 마시는 행위' 정도로 정의될 수 있는. 함께 마신 건 친했던 40번대 한 녀석과 60번대 한 녀석이었고, 셋 모두 술 파는 곳 단골이 될만한 놈이 못 되었기에 장소는 학교 뒷산이었다. 안주는, 그 야밤에 불을 피워 순대를 볶을 수는 없으니 '야자' 전, 학교 앞 '하얀집'에서 사 온 떡볶이와 매점서 매진 직전 사둔 '코끼리 햄버거' 세 개. 방향이 같은 두 놈은 서로를 부축해 내려갔고, 방향이 반대인 나는 어찌어찌 내려와 닫힌 학교 정문을 타 넘었다. 두 놈은 번갈아 굴렀지만 번갈아여서 살아 집에 돌아갔고, 나는 고꾸라질 뻔한 걸 수위 아저씨가 잡아줘 살아 집에 돌아갔다. 마신 술은 소주 세 병. 그나마 반병은 엎질러 산이.

전개

대학은 적어도 내겐, 곳으로는 거대한 술판이었고 때로는 음주기(飮酒期)였다. 가무(歌舞)는 그 전이나 그 이후나 지금처럼 그때도 젬병이어서 그 가무의 몫까지 나는 음주에 쏟았다. 새우깡조차 횟감으로 사용되던* 그때 그곳의 술 기억은 너무 많아 옮길 수 없다. 다만 그저 건너뛰기엔 그때 그곳이 몹시 서운해할 터, 하루의 패턴 정도만 전하면, 이렇다.

아침, 학생회실 앞 잔디밭이나 문과대 뒤 족구장 한 켠에 술판이, 생존자 혹은 생존자들과 함께 남아있으면 바로 시작, '생존자'를 끝내 죽게 하는 한편 죽어가던 판을 소생시킨다. 찾아도 없으면, 시간표를 확인, 듣고 싶은 수업이면 듣는다. 그렇지 않으면, 강의실 앞을 서성이다 술 덜 깬 간밤 '사상자' 중 하나를 유혹해 새 판을 마련한다. 소주 한 병과 막걸리 한 병, 그리고 컵라면 한 개와 싸

● 나를 포함, 나와 함께 '화들짝'한 놈들은 곧바로 13년간이었나 14년간이었나, 웬만한 백과사전은 '아이고, 형님' 할 두께의 '총정리'를 한 권씩 장만, 그때부터 청운의 꿈을 꾸기 시작했다. '스카이'나 '삼사' 외, 그래도 그 정도는 알고 있었기에, 다른 대학쯤은 충분히 갈 수 있을 거라는, 말 그대로의 꿈을. 그로부터 얼마 뒤, 진학상담에서 말마따나 산산이 깨질 그.

★ 새우깡을 초장 앞에 둔 안주로, 회가 당긴다는 친구에게 선사한 신메뉴였다. 며칠 후, '오다리 장족'을 씹으며, '자갈치'가 더 낫지 않았을까 했던. 그래야 마땅해 덧붙이면, 사실, 이 표현은 기형도의 시 「대학 시절」 중, '그곳에서는 나뭇잎조차 무기로 사용되었다'라는 구절의 표절이다. 쓰고 나서 표절인 걸 알았는데, 지울까 하다 말았다. 나뭇잎 무기가 있었듯, 새우깡 횟감도 그때, 그곳에는 있었으니까. 온전한 시는 문학과지성사에서 펴낸 『입 속의 검은 잎』 1992년 판, 21쪽에서 읽을 수 있다.

면서 양 많은 과자 한 봉이면 충분. 막걸리는 소주를 가리는 미지의 멤버 유혹용, 컵라면은 유혹에 넘어가 준 간밤 사상자를 위한 심폐소생용이다.

운 좋은 날은, 판을 향한 부푼 꿈을 안고 등교했을 게 분명한 누군가가 곧 판을 키워준다. 소주나 막걸리 한 병과 싸면서 양 많은 과자 한 봉을 베팅하며. 가끔 그 암묵적인 룰을 지키지 못하는 빈털터리가 낄 때가 있는데, 판의 초입일수록 영향력은 클 수밖에 없다. 판을 이을 동력이 더 빨리 사라지니까. 그런, 없느니만 못한 운이 있는 날엔, 우선은 과거의 멤버였고, 가까운 미래에도 멤버일 '소생자'들을 유혹한다. 하지만 그런 없느니만 못한 운이 있는 운 나쁜 날은 이상하게도 유혹이 잘 먹히지 않는다.

술이 떨어지고 20분 정도 지나면, 이미 털 만큼 털어 더 나올 구석이 없다는 걸 알면서도 각자 주머니를 뒤져본다. 있을 리 만무. 고학번 선배가 껴있다면 판을 잇는 건 생각보다 쉽다. 다른 선배는 물론 조교나 강사, 심지어 교수님께도 유지 자금을 얻어올 수 있으니까. 없다면, 방법은 하나. 구걸이다. 금액은 두 당 100원. 먼저 가위바위보로 거지를 뽑는다. 다음, 뽑힌 사람이 문과대 앞 도로와 잔디밭 사이 인도로 나간다. 그럴 마음의 여유가 없는 날은 멤버 모두가 나간다. 마지막, 들고나는 '학우'들에게 100원을 청한다. 레퍼토리는 다양한데, 끝인사는 하나. 선배 같으면 "행복하세요" 동기나 후배 같으면 "행복해야해!" 소주 한 병과 막걸리 한 병, 그리고 싸면서 양 많은 과자 한 봉 값이 모이면 구걸은 끝나는데, 운 나쁜 날 운좋게도 500원이나 1,000원을 쾌척하는 기부 천사를 만날 때는 구걸이 빨리 끝나거나 안주가 과자에서 떡볶이 1인 분으로 바뀐다.

아무리 운이 나쁜 날이라도 구걸을 두 번까지 하는 일은 이상하게도, 한결같이, 없다. 분석해 보건대, 그때쯤이면 점심시간이 끝날 때고, 위를 채운 소생자 중 누구라도 술판의 유혹을 견딜 수 없게 되는 때였기 때문일 터. 아무려나, 같은 양의 술과 같은 종류의 안주를 베팅하는 멤버가 두 번째 구걸이 필요하기 전, 이상하게도, 한결같이, 꼭 나타나고, 그때부터는 판이 끊길 위기도 더는 없다. 술판에도 인력이라는 게 있는지 멤버가 많아질수록 멤버가 늘어서다. 분석해 보건대, 멤버가 많아질수록 멤버 중 누군가 하나를 마음에 둔 누군가, 즉 잠정적 멤버가 늘 확률도 높아지기 때문. 어쨌거나, 멤버는 그렇게 늘고, 아침의 생존자 혹은 생존자들이 드디어 죽거나 학생회실 소파에 몸을 넌 채 2부를 기다리던 간밤의 사상자가 깨어날 즈음이면, 술판은 밤으로 이어질 준비를 마친다. 낮이 긴 1학기 말이나 2학기 초라면, 술 내기 족구라는 사전 의식이 더해진.

빛으로 날아드는 나방이처럼 술판을 향해 달려들던 멤버가 뜸해질 무렵, 판은 안정된다. 하나둘 이탈자가 생겨도 곧 다른 멤버가 자릴 채우기 때문. 이제 술은 떨어질 걱정이 없고, 안주는 무려 튀김이나 순대까지 갖춰진다. 그리고 얼마 후, 그날 술판의 하이라이트가 펼쳐지는데, 바로 물주의 등장이다. 물주는, 종종 같고, 대갠 다르다. 생활비가 입금된 자취생 후배일 수도, 어제저녁 과외비를 받은 동기일 수도, 지난 주말 막노동을 한 선배일 수도, 복학 전 돈을 꽤 모아둔 예비역 선배일 수도. 종종 같고, 대갠 다른 것에 비해 등장은, 비슷하다. 판 소식에 달떠 허겁지겁 왔을 게 분명한데도 왜 그러는지 한결같이 "오늘은 왜 모인 거야?"라거나 "어, 뭐야. 언제부터야. 좀 부르지" 정도의 대사를 던진 후, 조금은 거만한 동작으로 빈자리를 채우는 것.

물주의 등장 30분 정도 후, 술판은 문과 벽과 천정이 있고, 의자와 테이블이 있고, 수저와 유리 술잔이 있고, 안

주가 봉지나 일회용 접시가 아닌 뚝배기 혹은 전골냄비나 반영구적 플라스틱 접시에 담긴, 주인을 '아버지'나 '어머니'로 부르는 식당 중 하나로 옮겨진다. 판 입장에선 제가 옮겨졌는지도 모를 만큼 일사천리로, 순식간에. 인원은, 이상하게도, 한결같이, 적으면 대여섯, 많아야 예닐곱인데, 물주의 사정을 배려한 결과는 아니다. 통학버스 시간이나 정해진 귀가 시간에 맞춰, 둘만 있고 싶은 CC 중 한 명의 협박에 못 이겨, 이번에도 안 내면 낙제가 뻔한 리포트에 울며 겨자 먹기로, 어제 먹은 술과 그때까지 먹은 술이 사상자에서 희생자로 신분을 바꾸게 해 어쩔 수 없이 뿔뿔이 흩어졌던 것. 누구는 노래하고, 누구는 울고, 누구는 다른 누구와 속삭이고, 누구는 다른 누구를 향해 고함치고, 누구는 제 앞에 놓인 것들을 전혀 조심스럽지 않게 치우고는 엎드려 자고, 그러는 와중에도 누구는 술과 안주를 일사불란하게 분배하는 사이, 그 하루의 술판은 끝을 준비한다.

물주의 등장 네댓 시간 후, 술판은 다시 문과 벽과 천정과 의자와 테이블과 수저와 유리 술잔과 뚝배기 혹은 전골냄비와 반영구적 플라스틱 접시와 '아버지'나 '어머니' 주인이 없는, 아까 그곳으로 옮겨진다. 이번에는 떠

나온 식당은 물론 도착한 아까 그곳까지 훤히 알 만큼 제멋대로, 느릿느릿. 인원은 역시 이상하게도, 한결같이, 적으면 서넛, 많아야 대여섯인데, 이유는 저마다 다르다. 아직 하루분 술이 덜 차, 하고픈 말이 끝나려면 멀어, 갈 길이 아득해 그냥 안 가는 게 낫겠다 싶어, 이번에도 안 내면 낙제가 뻔한 리포트를 이미 포기해, CC이고 싶은 하나가 있어, CC이고 싶어 하는 것 같은 하나가 있어, '내 속엔 내가 너무도 많아',^ 온다고 한 누가 오겠단 시간이 그제여서, 이도 저도 아니고 그냥 등등. 누구는 또 노래하고, 누구는 다시 울고, 누구는 아까와는 다른 누구와 속삭이고, 누구는 역시 아까와는 다른 누구를 향해 고함치고, 누구는 하체는 책상다리를 한 채 상체만 뒤로 뉘어 자고, 그러는 와중에도 누구는 남은 술과 안주를 엉망진창으로 쏟고 흩뿌리는 사이, 그 하루의 술판은 준비한 끝을 다시 준비한다.

　아침, 학생회실 앞 잔디밭이나 문과대 뒤 족구장 한 켠에서 일출을 맞는, 그 속에 내가 너무도 많진 않은 하나나 둘이 있어 전날의 술판은 그때까지 끝을 맺지 못한다. 생존자 혹은 생존자들이 이미 끝을 맺고 싶어도 그리 못하는 상태여서 판으로서도 어쩔 수 없는 일. 그렇게 한동안 끝도 아니고, 안 끝도 아닌 시간이 흐르고 나면, 온다. 소주 한 병과 막걸리 한 병, 그리고 컵라면 한 개 혹은 두 개와 싸면서 양 많은 과자 한 봉을 들고, 어제는 빠진 그제의 생존자 혹은 사상자가. 그리고 그렇게, 끝난 것도 아니고 안 끝난 것도 아닌 술판은 다시 이어진다. 마치 종갓집 씨간장처럼 끊김 없이, 사상자든 소생자든 더는 오지 않는 토요일 아침까지. 대개는.

위기 1

군대! 막 펼쳐진 전개의 공백, 도무지 어찌해볼 수 없는 상대이기에 도무지 어찌하지 못하고 술 없는 날들을 견뎠던. 그곳에도 술을 먹을 수 있는 강자들이 있었지만, 이는 있을 날이 나갈 날보다 훨씬 적은 몇몇만 가능한 일이었다. 그 강자가 되기 전까진 참을 수밖에 없는 노릇. 명절엔 가끔 수육과 함께 막걸리를 먹을 수 있었지만, 이삼일을 밖에서 보내는 이런저런 훈련 땐 소주나 '나폴레

▲ 이 구절은 시인과 촌장의 〈가시나무〉라는 노래 첫 소절 가사다. 혹, 행여, 모를 독자가 있을까 싶어, 그런 독자가 나중 알고 화낼까 하여 밝힌다.

옹' 몇 잔을 얻어 마실 수 있었지만, 조족지혈이요 언 발에 오줌 누기였다.

주말이면 종일, '열무 삼십 단을 이고 시장에 간'* 엄마를 기다리듯, 간절한 마음으로 연병장 너머 위병소를 바라봤다. 엄마가 그 힘든 길을 그 힘든 와중에도 자주 왔지만, 엄마를 앞에 두고 먹는 술엔 한계가 있었다. 위로해 주러 왔지만, 위로받아야 할 사람이었으니까. 면회를 올 만한 친구들은 같은 처지여서 제 코가 석 자, 제 휴가에 내 면회로, 내 휴가에 제 면회로 만나 술 한잔 먹는 게 고작이었다.

한 번은 휴가를 받은 친구와 휴가받은 친구의 애인이자 역시 친구인 둘이 면회를 왔다. 시간을 아끼고 아껴, 더 많은 말을 더 많은 술과 함께 나누고 돌아와 저녁을 먹는데, 순간 눈물이 왈칵 쏟아졌다. 후문 위병소 앞, 장마로 다리가 끊겨 임시로 놓은 돌다리를 건너는 둘의 맞잡은 손이 떠올라서도, 그 둘 등 위로 쏟아지던 여름 해가 떠올라서도 아니었다. 왈칵한 건, 마침 식당 안을 채우기 시작한 노래 때문이었다. '한결같은 너희들의 정성이'로 시작하는, 서태지와 아이들의, 둘이 좋다며 만나는 내내 흥얼거린 그.

짧기에 면회가 시작의 환희보다 끝의 서글픔이 더 크다면, 길기에 휴가는 시작의 환희가 더 컸다. 면회가 시작하자마자 끝나는 요구르트 한 개라면, 휴가는 그 요구르트가 스물네 개 혹은 마흔여덟 개 든 패키지 정도? 끝의 서글픔은 어쩔 수 없지만서도. 휴가에 관한 한 운이 좋았기에 '강제 금주 해방 기간'도 길었다. 길었기에(때가 때였기에 더욱) 이런저런 일도 많았고. 그 모든 술 일을 다 옮길 수 없어 세 가지만 짧게, 아주 짧게 전하면 이렇다.

하나. 휴가 나온 아들을 위한 성찬에 소주 한 병을 더한 점심 뒤부터 부풀어 오르기 시작, 터지기 일보 직전까지 간 가슴을 겨우 달래며 만난 친구들과의 자리에서, 앞니 하나를 깼다. 웃느라 뒤로 젖혔던 머리를 웃음을 미처 끝내지 못한 채 되돌리다 1,000밀리리터 맥주잔에 부딪혀서였는데, 첫 휴가였다.

둘. 어느 휴가엔 엄마를 몰라봤다. 잔뜩 취한 나를 데려다준 덜 취했던 친구의 말에 의하면, 달라는 술을 주지 않자 불쑥 "아줌마! 저도 집에 가면 엄마가 있어요!"라고 했다는 것. 넥타이가 든 상자를 생일선물이랍시고 아빠

■ 기형도 시를 가져온 김에 하나 더 가져왔다. 앞서 밝힌 시집 127쪽에 온전한 시가 있다. 제목은 「엄마 걱정」이다.

앞에 내놓으면서 "지갑·벨트 세트예요"라 말한 것도 그 휴가 때였다. 같은, 덜 취했던 친구의 증언에 의하면, 지갑·벨트 세트를 사고 싶어 했지만, 돈이 부족해 넥타이를 샀는데, 산 건 술을 먹기 전이라는 것.

셋. 시간을 넘겨 복귀한 휴가가 있었다. 38명 중 서열 공동 33위일 때였으니, 사건 중의 사건. 가야 하는데, 가야 하는데 생각만 하다 제시간에 닿는 버스를 놓치고 1시간 더 휴가를 즐겼다. 웬일인지 후폭풍은 거의 없었다. 복귀 신고를 받는 중대장과 소대장도 별말이 없었고, 도망치고 싶은 마음을 두려움으로 다독이며 내무반 문을 열었을 땐 날아들 줄 알았던 주먹은커녕, '쓰레빠' 하나도 없었다. 군기 담당 '김'의 매운 눈 말고는. 다음 날 완전군장 연병장 돌기로 사건 중의 사건은 '시시하게' 마무리됐다. 가야 하는데, 가야 하는데 생각만 한 건, 그땐 나를 탐탁지 않아 하던 지금의 아내가 자리에 있어서. 후폭풍이 거의 없었던 건, 실제 그래서인지는 잘 모르겠지만, 친구의 전화 덕분. 함께 머릴 굴려 생각해내고서도 그걸로 될까 싶었던, 술집 시계가 고장 나 시간을 착각했다는 핑계 아닌 핑계가 내용인.

위기 2

    함께 먹어줄 선배와 동기와 후배가 더는 없을 무렵, 그제야 공불 해보겠답시고 들어간 대학원에서 새 선배, 새 동기, 새 후배와 음주기를 이어가던 어느 날, 친구가 죽었다. 다른 두 친구와 셋이서 제 생일 술을 먹는 자리에서였다. 계단을 올라야 화장실이 있는 술집에서 볼일을 보고 계단을 내려오다 구른 것인데, 온몸이 퉁퉁 부은 채 응급실에 있다 며칠 뒤 죽고 말았다.

    관과 수의와 유골함을 고르고, 화장장을 확인하고, 운구하고, 장례업자와 실랑이하고, 화로에 들어가는 관을 보다 쓰러진 친구 어머니를 바라보고, 장지 가는 버스 속에서 네댓 시간을 자다 깨고, 길 없는 길을 헤쳐 유골 뿌릴 곳에 가고, 첫째 딸에 기대 집으로 들어가는 친구 어머니를 바라보고, 집에 돌아와 소주 한 병을 앞에 두는 동안 나는 끊임없이 물었다. '왜, 어떻게 놈과 멀어진 거였지?' 끝내 답은 알 수 없었다. 지금도 그렇듯.❖

절정 없는 결말, 결말 없는 전개

최근의 술은 다른 글 「중독에 중독된 삶, 뭐, 그렇다
는」에 간략하나마 썼는데, 조금 더해도 괜찮을 터, 밝혀보
면 이렇다.

술은, 일주일에 엿새 먹는다. 물론 닷새나 심지어 나
흘을 먹을 수밖에 없는 주도 있다. 그런 주가 지나면, 그
런 주가 있었음을 논거로 열흘을 쭉 먹을 때도 있다. 치과
치료 같은 예정된 '음주 불가 기간'의 디데이가 있을 때
면, 보름을 쭉 먹을 때도 있는데, 논거가 확실한 만큼 식
구들의, 절주(節酒) 압박은 영 힘을 얻지 못한다.

"내일은 안 먹겠어." 호기롭게 말한 다음 날 점심, 아
침을 안 먹으니 첫 끼니인 밥을 먹고 나면, 술이 동한다.
자연스러운 일이어서 몸을 맡기는데, 식구들의 생각은 그
렇지 않다는 걸 잘 알기에 음주의 논거, 즉 술을 먹어야만
하는 이유를 찾는다. '오로지' 술을 먹겠단 일념으로, 이를
테면 이런 것들을. 칠석이 술과 뭔 상관이 있다고, "알고
보니 오늘이 칠석이네. 에이, 한잔해야겠네." 냉장고에 있
던 날이 이미 며칠인데, "아 그거 오늘 안 먹으면 상할 거
야. 어쩔 수 없이, 한잔해야겠네." 마침 엄마가 두부라도

한 모 사 오기라도 하면, "뭘 이런 걸 다 사 오셨대? 감사의 표시로, 한잔해야겠네." 운 좋게도 마땅치 않은 사람에게 전화가 와 마땅치 않은 내용의 통화를 하고 나면 매우 못마땅한 표정으로, '한잔해야겠네'는 생략한 채, "참, 내, 도대체, 왜? 제길!" 엘리베이터가 없는 5층이기에 가능한 이유지만, 남은 술도 많은데, 술이 떨어졌다는 호들갑을 호들갑스럽게 떤 뒤 술 몇 박스를 저녁 시간에 맞춰 사 올리곤, "먹고살기 참 힘드네. 힘들게 사 왔으니 한잔해야겠지?" 오래 생각지 않고 떠올린 몇 예인데, 십중팔구는 '쯧쯧'이 날아오지만, 십중팔구는 논거로 받아들여져 음주에 성공하니 이유를 찾을 수밖에.

하지만 이런 논거가 급격히 설득력을 잃을 때가 있는데, 특히 이런저런 불상사가 생겼을 때가 그렇다. 굳이 그 모든 걸 밝혀봐야 내겐 좋을 게 눈곱만큼도 없으니 하

◆ 손톱만큼의 위로도 안 될 것을 '너무' 잘 알면서도 도무지 안 할 수 없어 친구 어머니를 모시고 술을 먹을 때면, 매번, 한 번도 빼지 않고 그녀는 말했다. "명연이가 거기 있었으면……." 그건 "너는 왜 거기 없었니?"라는 물음이자 호소이자 원망이란 걸 '너무' 잘 알고 있었기에 매번, 한 번도 빼지 않고 나는 말했다. "죄송해요." 있었다 한들 어쩔 수 없었으리란 걸, 그날 그 자리에 있었던 다른 두 친구를 더 아프게 하는 말이라는 걸 '너무' 잘 알고 있었으면서도. 죽은 친구는 백일주를 먹고 번갈아 굴러 산을 내려갔던 두 놈 중 하나였다. 〈죽은 시인의 사회〉를 보고 말없이 헤어졌던 녀석 중 하나이기도.

나만 밝히면 이렇다.

작년, 마땅한 이유를 도저히 찾을 수 없어 포기하고 있던 금주의 날 중 하루, 고맙기 이를 데 없게도 선배에게 전화가 왔다. "홍어에 막걸리 한잔?" 스승으로 여기는 선배였는데, 참으로 스승으로 모실 만한 선배라는 걸 새삼 깨닫게 한 전화였다. 홍어는 별로 즐기지 않는 안주였고 막걸리는 싫었지만, 그건 당연히도 거절의 이유가 될 수 없었다. 거절 자체가 당치도 않은 일이었으니. "하, 좀 쉬어볼까 했더니, 참." 하나 마나 한 말을 던지고 뛰듯이 걸어 도착한 곳엔 다른 선배도 한 명 있었다. 삼인(三人), 반드시 스승이 있을 인원. 시장 한구석 작은 술집이어서 맞은편 도넛 가게의 꽈배기를 더하는 건 문제가 되지 않았다. 주인 몫을 따로 챙겼기에 더욱. 홍어는 팔면서 수육은 안 파는 곳이지만, 소주는 고맙게도 파는 곳이었으니 술도 '패스'. 시작은 그렇게, 아무 문제가 없었다.

전혀 예상하지 못한, 아니 예상할 수 없는, 그래서 대비할 수도 없었던 문제가 발생한 건, 내 몫으로 주문한 소주를 반병 정도 비웠을 때였다. 다른 선배 하나가 주섬주섬 가방을 뒤지더니 검정 비닐봉지 하나를 꺼냈다. 술집에서 술을 꺼낼 것이라곤 생각지 못했기에, 생각할 수 없었기에 그저 아무 생각 없이 봉지의 매듭이 풀리는 걸 지켜봤다. 그날의 패착이었다. 봉지에서 나온 건 다른 선배가 직접 내린 막걸리였고, '왜, 뭘 그렇게까지!' 생각하면서도 사양할 수는 없는 노릇이었기에 노란색 양은 잔을 들어야 했다. 병이 그리 크지 않음을 위로 삼아. (내게는) 안주는 부족하고 술은 위험한 자리로 바뀌는 순간이었다.

다음날 일어나니 새끼손가락이 말 그대로 퉁퉁 부어 있었다. 돌아오는 길, 턱은커녕 돌멩이 하나 없는 멀쩡한 길에서 넘어졌던 어제가 기억났다. 두면 낫겠지 하다 한두 달쯤 후 병원에 가니 인대가 끊겼는데 너무 오래여서 할 수 있는 게 없다 했다. 새끼손가락은 그로부터도 여섯 달쯤 뒤 괜찮아졌는데, 부기는 조금, 아주 조금 남아있다. 술 없이 보낸 어제 뒤에는 더, 더 조금.

이런 일이 있다고 해서, 그래서 이런저런 논거가 설득력을 급격히 잃는다고 해서, 이때다 싶게 절주를 넘어 금주의 압박이 들어온다고 해서 질 수는 없는 법. 이에 대한 반론을 덧붙이는 것으로 이 아무 쓸모도 없는데 쓸데없이 긴 '오로지 술에 관한, 오로지 술을 위한 연대기'를 마치고자 한다. 요는 이렇다.

나는 허리가 좋지 않다. 그럼에도 직업이 직업이다

보니 앉아 있는 시간이 많다. 그런데 다행히도 나는 담배를 한다. 1시간 30분에서 2시간 터울로 피우는데, 그 덕분에 허리를 펼 수 있고, 짧은 시간이지만 스트레칭도 할 수 있다. 또한, 담배를 옥상에서 피우기에 그동안 바깥 공기와 함께 햇볕을 가질 수 있다. 그 부족하다는 비타민 D를 인공 알약이 아닌 자연 그대로에서 얻는 것. 갑자기 웬 담배 얘기냐고? 결론만 말하면, 담배를 못 끊는 원인 중 8할이 술이기 때문이다. 그러니 술 덕분에 담배를 하는 것이고, 그 담배 덕분에 건강을 유지하니 결국 술 때문에 건강을 유지하는 것이다.

너무 엉터리라고? 궤변이라고? 그럼 이건 어떤가? 허리가 좋지 않은 나는 매일 2시간 이상 스트레칭을 한다. 허리 때문이지만, 이 스트레칭에는 또 다른 큰 효과가 있다. 바로 술이 확실히 깬다는 것. 술을 깨워주니 술을 더 잘 먹을 수 있다. 그래서, 게으름을 피울 수도 있지만, 그러지 않고 열심히, 더 열심히 스트레칭을 한다. 자, 그럼 게으름을 피우지 않게 하고, 더 열심히 스트레칭을 하게 해주는 것은 무엇인가? 그렇다. 바로 술이다.

하나 더 있다. 바로 이 글. 직업이 직업인지라 못 쓰고 안 쓰는 것보다는 쓰는 게 정신 건강에 좋다. 이 글 또

한 마찬가지. 내 정신 건강에 도움을 준다. 자, 그렇다면 이 글은 어떤 글인가? 알고 있듯 영화, 물론 〈어나더 라운드〉가 싫어서 시작한 글이지만, 결국 술 덕분에 쓸 수 있었던 글이다. 그렇다. 술은 그렇게 내 정신 건강까지 챙겨주고 있는 것이다. 그러니 어찌 술을 마다하겠는가? 그러니 어찌 술을 멈출 수 있겠는가? 그러니 어찌 오로지 술이 아니겠는가?

후.

싫었지만, 〈어나더 라운드〉는 쉽게 지워질 만한 영화는 아니었다. 영화 속 선생 '마틴' 같은 경험을 해봤기에 더욱. 미처 없애지 못한 혈중알코올농도로 수업을, 내 딴에는 더 '창의적'이고 더 '용감하게' 한 적이 두어 번 있었던 것. 영화의 바탕이 된, 심리학자 핀 스코르데루(Finn Skarderud)의 잘못 알려진 가설, "매일 혈중 알코올 농도를 0.05퍼센트로 유지하는 건, 인간을 창의적으로도, 용감하게도 만든다"가 사실이기라도 한 듯.

그랬지만, 그런 영화였지만, 싫었다. 사랑스러운 영화였지만, 사랑하고 싶지 않았다. 이유는 하나였다. 죽음을 술과 붙여놓았기에. 제 생일 술을 먹는 날 사고로 죽은 친구가 있는 사람이라면, 하필 그날 그곳에 함께 있지 못한 사람이라면, 함께 있지 못한 까닭을 지금껏 알지 못하는 사람이라면 아마 모두 그럴 것이다. 그런 사람이라면 아마 모두, 영화에게 물을 것이다. "안 그래도 가깝다 못해 거의 한 몸인 그 둘을 굳이 왜?"

울어야
끝나는

데몰리션
Demolition

장 마크 발레
2015

한동안, 잘 울지 못했다. 늘 잘 울었고 이즈음도 잘 우는데, 어느 한 시절은 그랬다. 웃음은 함께하지 못해도 큰 누가 되지 않지만(함께 못 웃는 그 사람이 또 다른 웃음이 될 뿐), 울음은 함께하지 못하면 누가 된다. 그걸 알면서도 잘 울지 못했다. 눈물은 여전했는데, 울음은 그 한동안은 부재중이었다, 눈물이나 울음이나. 그리 말할 사람도 있겠지만, 눈물과 울음은 전혀 다르다. 눈물은 흘려 없애고, 울음은 삼켜 없애야 하기 때문. 눈물이든 울음이든 그것을 안에서 꺼내게 한 무엇, 슬픔이라 부르든 분노라 부르든 지독한 외로움이라 부르든 그 무엇은 없애지 못한다는 공통점은 어쩔 수 없지만.

울지 못한 건, 한동안, 운다는 행위가 '너무도' 부질
없게 느껴졌기 때문이다. 물론 그 부질없음을 몰랐던 건
아니다. 애초부터 알고 있었다. 애초, 운다는 것이 부질없
는 일이라는 걸 모르고 어떻게, 아니 왜 울겠는가? 울음
에 부질이 있었으면 애초, 세계는 울음판이 되었을 텐데,
그때야말로 울음은 제대로 부질없어질 것이니(부질 있는
울음이 그득한 세계에서 부질의 있고 없음을 말하는 것은 어떤
부질도 없는 일일 테니까) 울음은 천생 부질없는 것일 수밖
에 없고, 따라서 울음의 부질없음은 딱히 따로 느끼는 것
이 아니라 그저 타고난 앎 중 하나일 것이니 실은 그것,
즉 울음의 부질없음을 느낀다는 것은 우리가 종종 범하
는 아주 심한 착각 중 하나, 이를테면 삶의 부질없음을 느
끼는 것과 같은데 어떻게, 아니 왜? 그런데, 그런데도 '너
무도' 부질없게 느껴졌던 것이다, 한동안, 울음이, 운다는
행위가.

그렇게, 울음을 한동안 부질없게 느끼도록 한 건, 아
니 느낄 수밖에 없게 한 건, 아이들의 죽음이었다. 적어

도 내겐, 그날 그 사건 이후 글이든 말이든, 그날 그 사건을 쓰거나 말해야 할 때 말고는 쓰거나 말하지 않는, 쓰거나 말할 수 없는 금지어가 된 '세월'이라는 단어가 이름인 배와 함께 아이들이 가라앉던 날, 도무지 현실 같지 않던, 그래서 보면서도, 보고도 아닐 거라 생각했던 그 날, 그 아이들의 죽음이었다.* 시시때때로 눈물이 흐르는데, 책을 읽다가도, 영화를 보다가도, 거리를 걷다가도, 멍하니 창밖을 보다가도, 쉬는 시간 담배 한 대를 피우다가도, 심지어 수업 시간 학생들의 토론을 듣다가도 눈물이 떨어지는데, 울음은 올라오지 않았다. 저 안 어딘가에 침몰한 듯. 침몰해 끌어올려주길 기다리는 듯.

시간이 아이들을 향한 눈물을 거둬가는 동안, 가까운 죽음이 몇 있었다. 아껴 가끔 만나던 후배가, 오래 앓은 고모가, 서로의 엄마를 어머니라 불렀던 친구의 어머니가 주인인. 그 죽음의 자리 모두 울어 마땅한 자리였고, 그 죽음의 주인 모두 울어야 마땅한 이였는데도 울음이

■ 안다. 봐서, 아니 봤기에 더욱 어쩌지 못했다는 걸. 도무지 어쩔 수 없었다는 걸. 어쩌지 못하고, 어쩔 수 없어 하염없이 그저 눈물을 흘렸다는 걸. 눈물을 흘리며 광화문에, 안산에 그저 갔다는 걸. 진도에는 그러나 가지 못했다는 걸. 도저히 갈 수 없었다는 걸.

나오지 않았다. 그저 눈물뿐. 우는, 또한 아껴 가끔 만나던 후배의 처에게, 오래 앓은 고모를 홀로 오래 돌본 손아래 사촌에게, 그리고 남은 가장 첫 벗에게 누가 될 것을 알면서도.

그랬던 것인데, 어느 저녁, '다시' 울게 되었다. 아무 준비도 없이, 그러리라는 조금의 기미도 느끼지 못한 채 시집을 폈던 것인데, 채 절반을 다 읽지 못하고 울고 말았던 것. 오랜만여서였는지 조금은 길게, 그리고 깊게. '엉엉' 소리까지 내며. 시집은, 은사의 것이었다. 사모님을 잃고 9년 만에 펴낸. 시는 모두 그녀를 향한 것이었다. 결혼 30주년을 채 한 해 남기고 떠난. 슬픔을 차곡차곡 쌓은 마흔 편의 시들이 서로를 위로하듯 가까이 가까이 부둥키고 있는 시집을 절반쯤 읽었을 때, 울음이, 터져 올라온 거였다. 읽기가 멈춰진 곳은 51쪽. '능소화'란 제목의 시가 인쇄된.

수서 분당간 고속도로 초입에
담을 타고 넘어온 능소화가 꽃을 피웠습니다.
높은 소음차단벽을 타고 넘어올 정도로

이쪽 세상이 많이 궁금했나 봅니다.

웅웅거리는 소리는 들리는데,

대체 무슨 소리일까?

궁금하기도 했겠지요.

뿌리내린 세상과 꽃을 피운 세상이 다른,

참 특이한 주황의 꽃이

담 너머 또 다른 세상을 넘겨다보고 있습니다.

당신이 참 좋아했던 꽃, 능소화.

당신,

딸과 남편이 어떻게 사는지 궁금해

이렇게 넘겨다보고 있나요? ◆

시들은 울음의 기색이 별로 없었다. 시인은 그저 나
직이 묻고, 차분히 답하고, 가볍게 그리고, 덤덤히 말하고
있었다. 그녀 없는 9년의 삶을. 그런데도 울음은 저 아래
어딘가로부터 터져 올라왔다.

◆ 이 시는 나무발전소에서 2022년에 펴낸 박상천 시인의 시집 『그녀를
그리다』에 담겨 있다.

술을 겸한 세배를 마친 어느 설, 늘 구경만 하다 그해 처음 운 좋게 낀 화투 자리에서 운 넘치게 따자 "공부는 안 하고 놀이만 했어?"라며 웃음 가득한 웃는 눈을 흘기시던 사모님 때문은 아니었다. 그러기엔 시간이 너무 많이 지났기에. 운 건 그간 꾹꾹, 울음을 누르고 있었을 은사가 떠올라서였다. 시들은 울음의 기색이 별로 없어 보였지만, 실은 울음투성이였다. 거기엔 윗니로 아랫입술을 지그시 깨무는 '꺼억꺼억'이, 홀로 있어 맘껏인 '엉엉'이, 저도 모르게 한 줄 조용히 흘러 울음인지 눈물인지 분명치 않은 '무음'이 가득했다. 시로 우는 울음. 시인인 은사는 그렇게 시로 울고 있었다. 시인이니까 시로 울려고 그러는 것처럼. 시인이니까 시로 울려고, 꾹꾹, 9년을 참았다는 듯.

〈데몰리션〉을 다시 본 건 그래서였다. 추억을 말하면 추억이 사라져버리는, 울어야만 그제야 추억이 그나마 남는, 울지 못하게 슬픔을 차곡차곡 부수고, 울지 못하게 멀찍이 툭툭 슬픔을 흩뿌려놓은, 그렇기에 더 울 수밖에 없는, 울어야 끝나는, 보며 울지는 못하고 눈물만 하염없이 흘렸던 그 영화를.

'데이비스'의 저 한 문장 대사처럼, 사랑하는 사람을 잃은 사람은, 그래서 세계가 은유가 된 사람은 울지 못한다. 은유는 울지 않으니까. 아니 은유는 울지 못하니까. 눈물만 흘릴 수 있을 뿐. 울음은 은유가 될 수 없으니까. 울음은 가장 직접적인 직설화법이니까. 은유가 된 삶은 울수 없는 삶이어서 데이비스는 고장 난 냉장고를 부수고, 멀쩡한 거실 탁자를 부수고, 크고 환하게 낸 유리문을 부수고, 종내에는 그 모든 것을 담고 있던 집을 부순다. 그래야 울 수 있으니까. 은유를 부숴야 눈물 아닌 울음을 끌어올릴 수 있으니까.

그렇게 보면, 은사의 시도 '부수기'였다. 시인이니 냉장고를, 거실 탁자를, 유리문을, 집을 부술 수 없어 시라는 은유로 은유가 되어버린 삶을 부순 것. 그래야 울 수 있으니까. 은유가 된 삶은 울 수 없는 삶이니까. 데이비스는 시인이 아니어서 편지를 썼고, 그 편지로는 은유가 된 삶을 부술 수 없었지만, 은사는 시인이어서 그럴 수 있었던 것. 그렇게, 울어야 끝나는 일은 결국 울어야 끝난다. 밖을 부수든 안을 부수든, 타인을 부수든 나를 부수든, 견딤은 견딤일 뿐, 울지 않고는 끝날 수 없는 일은 반드시 울어야 끝난다. 얼마나 부쉈든, 어떻게 부쉈든. 다시 올라온 나의 울음도 그랬을 거다. 무엇을 부쉈는지, 어떤 일이 끝났는지는 잘 모르지만. 아마도 그 모든 울지 못한 시간, 그 모든 울지 못한 죽음이었겠지. 부디.

한 나무,
그리고 또 한 나무

희생

The Sacrifice

안드레이 타르코프스키
1986

내겐 도무지 이해가 되지 않는데도 좋은, 왜 좋은지 이해가 되지 않는 영화가 두 편 있다. 하나는 〈이레이저 헤드〉. 이 영화는 제목과 달리, 내겐, 머리를 지워버리는 영화다. 〈블루벨벳〉은, 〈트윈픽스〉는, 그리고 〈로스트 하이웨이〉와 〈멀홀랜드 드라이브〉는 비록 오해일지 몰라도 조금은 이해하겠는데, 이 '지우개 대가리'는 이해는커녕 오해의 영역마저 벗어난 저 멀리에 있다. 한마디로 '오리무중'. 다시 한번 볼까 생각도 했지만, 책장에서 DVD를 몇 번 꺼내 들기도 했지만, 말았다. (비겁하게도) 오리무중으로 두는 것도 나쁘지 않을 것 같다는 생각이 그때마다 들었기 때문. 그렇게 살았고, 살고 있듯.

다른 하나는 이 '지우개 대가리'와는 정반대 이유로 오리무중인 영환데, 바로 〈희생〉이다. 중간중간 등장하는 니체 얘기를 빼면, 별 어려울 것 없는, 아니 어찌 보면 지극히 단순한 스토리의 영환데, 하여 이해건 오해건 단박일 영환데, 왜인지 이해가 되지 않는다. 한마디로 '안개도 없는데 오리가 자욱한' 그럼에도 좋아서, 그런데도 '왜'라는 질문에 답할 수 없어서 〈희생〉은 다시 봤다. 그리고 또 봤다. 네 번째는 보려다 말았다. '나무 한 그루' 정도의 답만으로, 자막까지 써 더한 타르코프스키의 바람 혹은 다짐만으로 만족하는 것도 나쁘지 않을 것 같아서. 나머지는 그냥, 자욱하게 두는 게 좋을 것 같아서. 그렇게 살았고, 살아야 하듯.

나무 한 그루를 키우고 있다. 집 안에 살아 있는 것을 들이는 걸 무척 싫어하는데, 5년 전부터 나무는 크고 있고, 나는 나름 애써 키우고 있다. 첫해는 이랬다.

봄. 묘목이 심긴 작은 화분 세 개를 사 와 인터넷을 뒤져가며 잎을 늘렸다. 쉽지 않다는, 실패했다는 글이 많았지만, 운 좋게도 세 그루 모두 잎이 늘었다. 여름. 물을 그다지 좋아하지 않고, 햇빛은 아주 좋아한다 하여 며칠을 볕 잘 드는 옥상에 두고 물은 아껴 주었는데, 잎이 타버렸다. 하여 그늘에 들이고 물을 낫게 줬더니 이내 썩어 죽었다. 세 그루 중 한 그루만 겨우 살아 처의, 작업실 겸 거실 겸 쓰는 방으로 들였다. 해 잘 드는 창 쪽에 두고 물은 닷새에 한 번씩 줬다. 가을. 화분 받침에 물이 찼다. 물 주는 터울을 일주일로 고쳤다. 해가 짧아져 수시로 자리를 옮기고, 방향을 바꿔줬다. 시든 잎이 거슬려 정리하려다 그냥 두는 것이 나을 것 같아 말았다. 겨울. 다시 화분 받침에 물이 찼다. 처음엔 열흘 나중엔 보름으로 물 주는 터울을 늘렸다. 시든 잎이 떨어질 때마다 뭐라도 해야 하지 않나 심란했다. 약품 상자에서 압박붕대를 꺼내 아기 엄지 굵기의 둥치에 감아주었다. 자리를 옮기고 방향을 바꾸는 건 별 의미가 없어 그만두었다.

어른 새끼손가락 굵기로 둥치가 커진 이태째 한여름. 큰 것은 처의 손바닥만 하게, 작은 것은 그 2/3만 하게 자란 잎이 반짝였다. 한 잎 한 잎 조심스레 땄더니 스무 잎이 조금 넘쳤다. 정수기에서 받은 물로 한 잎 한 잎 상처 나지 않게 씻은 뒤 스테인리스 채반에 한 잎 한 잎 겹치지 않게 널었다. 해가 오전 나절 정도만 드는 데 두고 말렸더니 닷새 뒤, 몸피를 줄이고 무게를 버려 바람에 흔들렸다. 정수기에서 받은 물을 이번엔 면 헝겊에 묻혀 한 잎 한 잎, 이번엔 땄을 때보다 조심스레 닦고선 마른 면포에 얹어 한 번 더 말렸다. 키친타올에 싸 지퍼백에 넣고 냉동실에 들인 건 그로부터 3일 후. 하지만 전해주진 못했다. 무척, 아주, 굉장히 좋은 약재이긴 하지만, 독성도 못지않게 무척, 아주, 굉장히 강해 먹기에 까다롭기도, 위험하기도 하다 하여. 이러지도 저러지도 못해 그저 냉동실에 둔 잎들은 이듬해 봄, 화분을 큰 것으로 바꿀 때 한 잎 한 잎 전혀 조심스럽지 않게 찢어 거름 삼아 뿌리 곁에 묻었다. 왜 깨달음은 늘 지나고야 오는지. 마음이 복잡했다. 그 복잡함이 풀린 건 그해 여름, 둥치가 내 엄지만 하게 굵어졌을 때였다.

내 엄지만 해진 둥치에 압박붕대를 감던 겨울, 위기가 있었다. 나무 잘못은 아니었다. 화분은 처의 책상 앞, 처가 몇 해 전 공방에서 만든 긴 나무 의자 위에 자리하고 있었다. 겨울에도 9시쯤부터 12시쯤까지는 곧은 해가, 12시쯤부터 3시쯤까지는 빗긴 해가 드는 곳이었다. 책상과 의자 옆 바닥에는 전기매트가 맨 아래, 러그가 그 위에, 극세사 담요가 맨 위에 깔려 있었다. 거의 술로, 가끔은 그저 밥으로 저녁을 먹은 뒤 거의 영화를, 가끔은 그저 TV를 보는 곳이었다. 처는 겨울용 실내화로 이불을 밟지 않으려 책상과 담요 사이 좁은 틈을 통로로 이용했다. 그러자니 가끔 나뭇잎을, 더 가끔 나뭇가지를 스쳤던 것일 뿐인데. 조심하란 말에 처는 화를 냈고, 화를 내는 처에게 화가 난 나는 나무를 옮겼다. 내 방 책상 옆, 책상에 딸린 서랍장 위였다. 해라고는 아침 8시경 반짝 지나가는. 잎 하나가 검어진 건 불과 이틀 만이었고, 세 개로 는 건 다음 날 저녁이었다. 창과 가까운 쪽 잎들이었다. 화분을 있던 곳으로 옮긴 건 그날 밤, 처가 잠든 뒤였다. 다음 날, 처는 화분에 대해 아무 말도 하지 않았다. 그저 냉기에 상한 잎을 정리해줬을 뿐. 고작 그런 일로 나무를 잃을 뻔한 것이다.

5년이 지난 지금. 작년, 더 큰 놈으로 바뀐 화분에서 나무는 잘 자라고 있다. 그동안 몸이 너무 퍼져 가지치기를 해줬고, 그중 하나가 못내 아까워 자식 삼으라 곁에 심어주었다. 우선 잎을 세 개만 남게 정리하고, 그 잎들을 가로로 절반 잘랐다. 알맞은 병을 골라 물을 2/3정도 채운 뒤 병보다 2/3쯤 큰 가지를, 물에 2/3만큼만 잠기게 담았다. 잎만 해를 보게 병을 종이로 감아 아침나절 잠깐 해가 드는 곳에 두고 일주일에 한 번, 이틀을 받아둔 수돗물로

갈아주었다. 첫 뿌리가 나온 건 3주 정도 후였고, 화분에 심을 만큼 뿌리들이 튼실해진 건 또 한 번 3주 정도가 지난 후였다. 화분을 하나 더할까 했지만, 자신이 없어 어미 나무 앞에 심었는데, 뿌리가 다치지 않게 찻숟가락으로 조심스레 땅을 파고는 자식 가지의 몸 절반 정도를 더 조심스레 심고 마사토라 부르는 굵은 모래흙을 화분 높이보다 높게 더해주었다. 작업을 마치고 화분을 돌려 해가 잘 드는 쪽으로 자식 가지의 방향을 잡고 보니 어미 나무가 몸을 기울인 쪽이었다. 반대쪽에 심었어야 어미 나무가 곧게 자랄 텐데. 왜 깨달음은 늘 지나고야 오는지. 마음이 복잡했다. 그 복잡함이 풀린 건 보름쯤 뒤 새순이 올라왔을 때는 아니고, 한 달쯤 뒤 잎이 셋 되었을 때였다. 물론 자식 가지의.

영화의 첫머리, 물론 〈희생〉의. 알렉산더는 죽은 나무를 애써 끌어와 구덩이에 심고, 쓰러지지 않게 주변의 돌을 주워다 둥치 곁에 쌓는다. 그를 돕는 건 아들 고센. 알렉산더는 죽은 나무 한 그루를 심은 뒤 제자에게 3년 동안 매일 물을 주게 해 꽃을 피웠다는 수도승 이야기를 전하며 덧붙인다.

"만약 매일같이 정확히 같은 시간에 같은 행동을 반복한다면, 늘 꾸준하게, 의식과도 같이 말이다. 그러면 세상은 변하게 될 거다. 암, 변하지. 변할 수밖에 없어. 만약 어떤 사람이 정확히 아침 7시에 일어나 욕실로 가서 물을 한 잔 받은 후 변기 속에 붓는 일이라도 매일 계속한다면……"

영화의 끝머리. 영화엔 말을 그렇게 아끼는, 해도 비유로 해 어사무사하게 만드는 그, 물론 타르코프스키, 답지 않게 다짐처럼 혹은 바람처럼 다음과 같은 말이 더해져 있다.

"희망과 확신을 갖고 이 영화를 만듭니다. 나의 아들 앤드류샤에게." ▪

▪ 안 할 수도 있고, 안 하는 것이 좋다 싶지만, 안 할 수 없어 더하면, 〈희생〉은 타르코프스키의 유작이다. 그는 이 작품을 끝으로 1986년 12월 29일에 죽었다. 영화 속 알렉산더가 아들을 위해 삶을 송두리째 '희생'했다면, 영화 밖 타르코프스키는 아들을 위해 〈희생〉을 만들고 삶을 송두리째 끝낸 것이다. 아들 앤드류샤는 미테랑 대통령의 초청으로 잠시 출국 금지가 풀려 칸영화제에 올 수 있었고, 네 개의 트로피를 아버지 타르코프스키 대신 수상했다.

나무를 키운 건 처의 동생의 처, 그러니까 내게는 처남댁이 되는, 마흔이 채 못 된 젊디젊은, 어여쁘디어여쁜 여인이 암에 걸려서였다.

둘은 모두 '활동가'였는데, 만난 것도 그 활동 중 하나에서였다. 하나는 소위 '엔엘'이었고 하나는 소위 '피디'여서 물과 기름일 수도 있었지만, 그런 건 둘에게 문제가 되지 않았다. 결혼식에 온 그 둘 각자의 지인들은 몹시 의아해하는 눈치였다. 엔엘과 피디여서가 아니라 그 둘 각자가 (그리 빠른 것도 아니었는데) 그리 빨리, (그리 쉬운 일도 아니었는데) 그리 쉽게 결혼이란 것을 하리라 생각하지 않았던 듯.

둘은 망원동에 거처를 마련했다. 그리고 열심히 일하고, 열심히 활동했다, 매일, 그 둘 각자의 것이든 그 둘 모두의 것이든. 그런 둘을 만날 때마다 나는 부끄러움과 부채감을 동시에 느꼈다. 하여 그 둘을 만날 때마다 나는 술을 좀 더 정성스레 마셨다. 마치 의식과도 같이. 둘을 위해 할 수 있는 일이란 게 고작 그거였기에.

결혼 5년 후, 그저 가슴께가, 그리고 허리께가 좀 아팠던 건인데, 그저 그런 것인 줄 알았는데 암이었다. 처음 그는 병원 근처에 방을 잡고 그녀와 함께 싸웠다, 매일.

퇴원과 함께 둘은 거처를 양평으로 옮겼다. 다행히 재택이 가능해 그는 직장을 집으로 들여올 수 있었다. 그의 일 말고는, 그 둘 각자의 것이든 그 둘 모두의 것이든 '일시 정지'한 채, 둘은 함께 싸웠다, 매일.

그녀가 좋아하던 햄버거 대신 유기농 빵과 무항생제 닭이 식탁에 올랐고, (매일은 아니지만) 그가 좋아하던 소주 대신 지하수용 이중필터로 거른 여수(濾水)가 올랐다. 침대는 편백나무 틀로 바뀌었고, 둘 다 추위를 많이 타지 않는데 난방 온도가 올라갔다. 그녀는 말을 늘렸고, 웃음은 더 많이 늘렸다. 그는 약속을 줄였고, 술자리는 더 많이 줄였다. 가끔 그 혼자 나가야 할 일이 있을 때면, 그녀의 부모님 댁에, 연로하신 그의 부모님께 들킨 후에는 그의 부모님 댁에도 그녀를 데려다 놓고, 밤이 깊기 전에 돌아왔다. 대개는 술에 취하지 않은 채로. 그렇게 그 둘은 그 둘 각자의 삶을 송두리째 서로에게 기댄 채 싸웠다, 함께, 매일.

그런 그 둘 중 그에게, 살면서 몇 번 가져보지 않은 존경을 담아 '희생'이라는 단어를 전했을 때, 그는 절대, 절대 아니라며 나를 혼냈다. 그 단어는 그러고 싶지 않지만, 그럴 수밖에 없어 감내해야 하는, 아픈 사람의 몫이라며 내게 울먹였다.

그 며칠 후, 둘을 위해 할 수 있는 일이란 게 고작 그것밖에 없어 나무 한 그루를 들였다. 집 안에 살아 있는 것을 들이는 걸 무척 싫어하는데, 5년 전부터 나무는 크고 있고, 나는 나름 보살펴 키우고 있는 것이다. 매일 아침 7시에 변기통에 물 한 컵을 붓는 일밖엔 안 될지라도, 매일 아침 해 뜨는 시간에 커튼을 걷어 해를 비춰주며, 나무가 살아 크는 한 그녀도 살고 클 것이라는 희망과 확신을 갖고.

후.
참, 나무 이름은 그라비올라다.
그녀는, 가끔 덜 건강한 며칠이 다녀가긴 하지만, 이젠 한 달에 한 번 정도는 회도 먹을 수 있다. 그녀가 회를 먹는 날이면, 그는 웃음으로 술잔을 만들어 술을 마신다. 조금 넉넉하게, 되도록 천천히, 희망과 확신을 안주로.

어쨌든
'카버'로 쓴

숏컷
The Shortcut

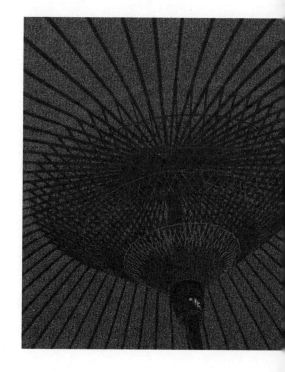

로버트 알트만
1993

1. 출발

영화 〈숏컷〉을 본 것은……. 기억나지 않는다. 극장에서 보진 않았으니, DVD도 거의 없던 시절이었으니 비디오로 봤을 텐데, 언제인지 전혀 기억에 없다. (〈숏컷〉이 그렇듯) 조각조각 이어 붙여 처음과 끝을 말하는 것이 무의미한 퀼트처럼 나의 기억은 대개 그렇다. 처음과 끝이라는 시간의 요소는 빠진 채, 대상만 아주 희미하게 저장되어 있다. 그나마 그마저도 없는 것이 더 많지만.▪ 어쩌면, 〈숏컷〉을 '그때' 봐서 '언제'가 기억에 없는 것인지 모

른다. 여덟 시간이 넘는 라스 폰 트리에의 〈킹덤〉을 점심
도 거르고 몰아보던 그때, 하루에 영화 세 편을 보고 퇴
근한 아내와 밥이든 술이든 저녁을 먹은 후 영화 한 편
을 더 보던 그때, 시(詩)를 피해 영화로 숨어들어 살던 그
때 말이다. 아무려나 〈숏컷〉은 무섭도록 재밌는 영화였
다. 나중 〈매그놀리아〉와 〈어댑테이션〉, 그리고 〈대학살
의 신〉을 볼 때 그 비슷한 감흥을 '겨우' 느낄 수 있었을
정도로.

    카버를 읽은 것은 김연수 번역의 『대성당』이 떠들썩
할 무렵이다. 타고난 게으름 때문에 장편을 읽지 못하는
나는 보르헤스를 주로, 그리고 거푸 읽었다. 가끔 포나 카
프카, 최수철도 읽었지만, 이내 보르헤스로 돌아왔다. 카
버를 읽은 것도 보르헤스가 지쳐서는 아니었다. 드물게
좋아하는 소설가의 번역이어서, 무엇보다 지극히 짧은 단
편이라기에서였다. 『제발 조용히 좀 해요』가 먼저, 『사랑
을 말할 때 우리가 이야기하는 것』이 다음, 『대성당』이 마
지막이었다. 나는 삶이 일종의 '중독'이라 생각하곤 하는
데, 내 삶이 실제 그렇기 때문이다.◆ 『대성당』을 마지막에
읽은 것 또한 그렇다. 맛있는 것을 뒤로 미루는 그 중독.

2. 돌아봄

카버를 읽고 〈숏컷〉을 다시 봤다. 〈숏컷〉을 처음 볼 때만 해도 카버를 몰랐고, 카버의 글들을 짜깁기한 작품인 줄도 몰랐다. 나중 그 사실을 알았지만, 카버를 읽을 생각은 하지 않았다. 그러다 카버를 읽은 것이고, 〈숏컷〉을 다시 본 것이다. 그리고 분명해졌다. 영화 속 삶들이 관계의 짜깁기처럼 느껴졌던 이유가. 그 분명함은 내게 갑작스런 욕망을 갖게 했다. '카버의 문장을 짜깁기한 영화를 카버로 짜깁기해보고 싶다.'

하지만 카버의 문장으로 이루어진 짜깁기 글은 쓸 수 없었다. 저작권 때문에. 〈숏컷〉은 그런 영화인데, 그런 영화를 따라 그런 글을 쓸 수 없던 것이다. 아, 물론 저작권료를 주면 된다. 하지만 돈도 없었고, 돈을 주며까지 그러고 싶지는 않았다. 안 쓰면 되니까. 안 쓰면 그만이니까. 그렇게 생각하니 편했다. 그런데 이내 그 편함이 불편해졌다. 예의 그 중독 때문. 안 하면 그만인 것을 못 하게 되

■ 다른 글 「그 이야기 1-푸네스와 레너드 쉘비 그리고 둘 사이」는 이런 기억에 관한, 아니 망각에 관한 또 한 사람의 이야기다.
◆ 이 '중독'에 관해서는 다른 글 「중독에 중독된 삶, 뭐, 그렇다는」에 썼다.

면 별것 아닌 것일수록, 아니 별것 아닌 것만 더 절실해지는, 그래서 시작이라도 하고 마는 그.

생각을 거듭하다 묘수를 떠올렸다. 그 묘한 수는 〈숏컷〉이라는 몸을 구성하고 있는 커다란 부분들, 그러니까 카버의 문장들이 아닌 카버의 제목만 가지고 글을 쓰는 것이었다. 그 수를 생각해내고 기특하다는 생각이 들었다. '〈숏컷〉을 카버로 이야기하는, 허용된 지름길을 생각해내다니!' 나는 시 「레모네이드」까지 총 10편인 카버의 제목을 이리저리 배열하는 작업부터 시작했다. 그러다 곧 그만두었다. 〈숏컷〉의 이야기와 인물과 배경에 연결 지어 쓰려하니 너무 작위적인 배열만 반복됐기 때문이었다.

나는 다시 고민했다. 그리고 계획을 바꿨다. '굳이 연결할 필요가 뭐야?' 카버도 알트만도 전혀 연결되지 않는 삶을 관계 안에 짜깁기해 연결했을 뿐이었다. 하여 나도 전혀 연결되지 않는 삶을 관계 안에 짜깁기함으로써 〈숏컷〉 읽기를 대신하기로 했다, 그냥. 영화와 전혀 상관없는 이야기로 읽기를 대신하게 된 것인데, 그렇게 결정하고 곰곰 생각하니 그거야말로 〈숏컷〉과 어울리는 읽기 같았다. 나는 즉시 쓰기 시작했고, 쓰는 동안 생각했다. 카버도 알트만도 아주 살짝이나마 고개를 끄덕여 찬성을 표시해

줄 것이라고. 물론 내 생각일 뿐이지만. 아무려나, 그렇게 시작해 어찌어찌 마무리된 소설은 이렇다. 서체가 다른 글자는 〈숏컷〉에 짜깁기된 커버의 작품 제목들인데, 굳이 그렇게 구분해둔 이유는, 딱히 없다. 어쩌면 부끄러움의 알리바이가 필요했을지도.

3. 다른 출발: 한 편의 이상한 소설

레몬을 사러 간 아이는 사라졌다. 굳이 레모네이드를 먹어보겠다고 심부름을 시킨 건데, 돌아오지 않았다. '레몬! 레몬!' 여자는 영혼이 1밀리리터도 담겨 있지 않은 음성으로 중얼거린 뒤 스카치 한 모금을 아주 천천히 마셨다, 마치 영혼이라도 되는 양 정성을 다해. 비타민, 꼬박꼬박 챙겨 먹다 TV에 나온 의사 말을 듣고는 두 달 전 끊어버린, 식탁 한쪽에서 마침 눈에 띈 그 비타민과 함께.

'도대체 왜?' 여자는 왜 이런 일이 생긴 건지 궁금했다. 아이는 밝았고, 건강했다. 학교에서도 별문제가 없었다. 살아오면서 남을 도운 적도 거의 없지만, 남에게 크든 작든 해를 끼친 적도 없었다. 첫 남편은 게을렀고, 두 번째 남편은 무심했지만, 아이를 어찌할 만큼 모진 남자들은 아니었다. 아니 그런 생각은 꿈에서도 못 할, 지극히 평범한 사람들이었다. '레이몬드라면…….' 여자는 이웃 중 하나, 무슨 일을 하는지 집에서 거의 나오지 않는, 혼자 사는 중년 남자를 떠올렸다 바로 고개를 저었다. 그는 며칠째, 해가 보일라치면 지붕에 올라가 여기저기 망치질을 하고 있었고, 아이가 사라진 그 시간에도 그러고 있었다.

'왜 도대체?' 여자가 궁금해하는 동안 이것저것, 수소문만도 못한 수사를 끝낸 경찰은 실종에서 변사로 넌지시 방향을 바꿨다. 아이가 나간 지 4시간 30분, 신고로부터는 4시간 만이었고, 수색이 더해진 수사가 시작된 지로는 불과 3시간 30분 만이었다. 경찰은, 여자 앞에선 그러지 않았지만, 아이의 아빠, 즉 여자의 남편에겐 그것을 숨기지 않았다. 일부러 그러는 거라는 걸 일부러 감추지 않으며, 이렇게.

"실종된 지 얼마 안 됐으니 너무 걱정하지 마십시오. 그 나이 또래 아이들은 으레 한 번은 그러니까요. 그건 그렇고, 장마통인 데다 집중호우가 계속돼 아이가 걱정되네요. 집 근처에 이렇게 물이 많은데, 심부름을……. 아, 아닙니다. 말씀드린 대로 너무 걱정하지 마시고, 차분히 기다려

보는 게 좋겠습니다."

그렇게 말하며 뒷머리를 긁은 것은 제리 웨이츠라 적힌 이름표를 왼쪽 가슴에 단 경찰이었다. 그 옆에 선 샘 레먼이란 이름의 경찰은 아무 말 없이, 마치 그 말이 자기에게 하는 것인 양 열심히 듣고 있었는데, 아마도 그가 맡은 역할이 그것인 듯했다. 집에 들어올 때처럼 나갈 때도 제리 먼저 샘이 다음이었던 것을 보면 분명해 보이기도 했다. 전화를 받고 급하게 경찰차로 향하는 두 경찰을 보며 그런 생각을 하던 여자는 포치 난간에 손을 짚고는 동네 여기저기를 훑었다. 가까운 데서 먼 곳으로, 먼 곳에서 가까운 데로.

경찰 말마따나 집 근처엔 물이 많았다. 수로들이 여기저기 지천으로 얽혀 있었고, 얼마 멀지 않은 곳엔, 몇 해 전 낚시꾼 셋이 죽은 여자의 시체를 발견하기도 했던 작은 호수도 있었다. 그리고 그 그릇들엔 물이 그득그득했다. 반면, 그 물들 외엔 자의든 타의든 아이가 깃들만한 곳이 없었다. 마을 주위엔 산커녕 숲이랄 만한 것도 없었고, 그 비에도 진흙탕 한 군데 생기지 않은 공원은 몇 그루의 큼직한 캐나다 단풍나무 외엔 시야를 막는 것이 없었다. 물들 외엔 아이가 숨을만 한, 아이를 숨길만 한 곳이 없는 마을이었다.

불과 서른 채 정도 되는 집과 비어 있는 세 집은 모두 수색이 더해진 수사를 마친 상태였다. 이웃들 모두는 제 일처럼 안타까워하며 세탁실을 겸한 지하실 문은 물론 접이식 계단이 달린 다락방 문까지 군소리 없이 열어주었다. 심지어 빈 세 집을 살필 때는 각 집 남자 모두가 한 손엔 랜턴이나 플래시를, 다른 한 손엔 야구 배트나 골프채를 든 채 함께했다. 여자는 여자의 남편과 함께 그 모습을 멀리서 지켜봤다. 여자는 경찰이 말려서였고, 여자의 남편은 경찰이 여자 곁에 있길 권했기 때문이었다.

몰리는 아이를 어찌해야 할지 몰라 전전긍긍하고 있었다. 한 손에 레몬 다섯 개가 담긴 종이봉투를 든 채 벨을 누른 아이는 문이 열리고, '넌 누구니? 어떻게 왔니?'라는 말이 끝나자마자 몰리의 다리를 감으며 쓰러졌다. 의식을 잃은 것은 아니어서 911을 부르기보다는 우선 아이를 소파에 누이고 물을 마시게 하는 것이 좋겠다고 생각한 것이 30분 전이었다. '왜 도대체?' 한 번도 본 적 없는, 그새 몸이 괜찮아졌는지 소파 팔걸이에 상체를 비스듬히 기댄 채 코코아를 마시며 TV를 보는 아이를 바라보고 있자니, 몰리는 왜 이런 일이 생긴 건지 궁금하지 않을 수 없었다.

'도대체 왜?' 그렇게 전전긍긍하는 사이 제리와 샘이 도착했다. 전화로는 1시간 2분, 아이가 도착한 것으로는 1시간 33분 만이었다, 정확히. 몰리는 제리 먼저, 샘에겐 다음으로 얕은 키스를 전한 뒤, 둘의 손을 잡아 하늘로 들어 올리고는 (원래는 아주 큰 소리로 외치지만, 아이가 있었던 관계로) 작은 목소리로 '제리와 몰리와 샘'이라 외쳤다. '제리와 몰리와 샘'은 초등학교 3학년을 마칠 무렵, 셋 모두의 친구 브루스가 뺑소니 사고로 혼수상태에 빠졌을 때, 사고를 낸 범인을 잡겠다며 만든 비밀결사의 이름이었다. 비밀결사 이름을 실명으로 만드는 사람들이 어딨겠느냐는 몰리의 주장이 먹혀서였다.

제리와 샘의 아내, 그러니까 앤디와 매들린은 일이 있을 때마다, 아니 특별한 일이 없어도 둘을 불러대는(앤디와 매들린은 몰리가 불러대는 것이라 믿어 의심치 않았다) 몰리에게 「그들은 네 남편이 아니다」라는 작품이 들어 있는 카버의 소설집을 선물한 적이 있었다. 그랬는데, 어느 때부턴가 둘, 그러니까 앤디와 매들린은 제리와 샘이 몰리에게 호출될 때면 함께 있었고, 또 어느 때부턴가는 제리든 샘이든 하나만 없어도 함께 있었다. 제리가 없는 날엔 제리 집에서, 샘이 없는 날엔 샘 집에서. 이에 대해 제리는 좋은 일이라 생각했고 샘은 짐짓 걱정스러워했는데, 둘 다 아내에게는 아무 말도 하지 않았다. 그에 관해 무슨 말이라도 할라치면, 마치 짜기라도 한 듯 두 아내 모두 '제발 조용히 좀 해줄래, 좀?'이라 말하고는 아무 일도 없었다는 듯 하던 일을 계속했기 때문이었다. 그 일이 요리든 식사든 심지어 대화든.

제리와 샘은 당연히 놀랐다. 불과 1시간쯤 전까지, 실종보다는 변사를 염두에 두고 수사했던 아이가 멀쩡한 상태로 소파에 앉아 태연하게 '수집가들'을 보고 있었으니 말이다. 코코아를 마시면서.

"도대체 무슨 일이야. 왜 애가 여깄는 거야?"

TV 화면을 가득 채운 피규어에서 눈을 뗀 제리가 몰리를 바라보며 물었다. 경찰 배지가 걸린 허리춤에 손을 얹은 채 입을 반쯤 벌린 상태로 아이를 쳐다보고 있던 샘도 눈길을 몰리에게 돌렸다. 자기도 같은 질문이라는 듯 두 어깨를 으쓱해 보이면서. 몰리는 으쓱하는 샘의 두 어깨에 잠시 고정했던 시선을 제리에게 돌리며 말했다.

"그게 말이지."

연민과 동정이 가득 담겼던 이웃들의 눈빛이 의심과 비난으로 다시 채워지는 데는 불과 5시간 정도면 충분했다. 위로 차 와서 경찰의 말을 함께 들은 데이비슨 부부가 밖에서 서성이던 다른 이웃들에게 경찰의 말을 전한 뒤부터였다. 여자와 여자의 남편은 데이비슨 부부가 포함된 이웃들이 길 건너편 로빈슨 부부의 집 앞에서 수시로 이쪽을 바라보며, 고개를 흔들거나 곁눈질을 하거나 먼 어딘가를 손으로 가리키는 것을 물끄러미 바라보고 있었다.

"커튼을 칠까?"

여자가 아무 대답이 없자 여자의 남편은 커튼을 쳤다. 너무 빠르게 쳤는지, 거실이 한순간 암실처럼 느껴졌다. 여자는 눈을 질끈 감았다. 전화가 온 건 그때였다. 1시간 30분 전쯤, 전화를 받고 급하게 경찰차로 향하던 두 경찰 중 하나였다. '아마도 제리겠지?' 생각하며 경찰의 말을 듣던 여자는 '고맙습니다'를 세 번, 아니 네 번 크게 발음하고는 전화를 끊었다.

"로버트가, 로버트가……."

1시간 46분 뒤, 여자와 여자의 남편은 몰리네서 아이를 데리고 나와 차에 태웠다. 여자의 남편은 운전석에, 여자는 조수석 대신 뒷자리 아이 옆에 앉았다. 10분쯤 뒤,

그러니까 차가 시내를 벗어났을 무렵, 여자는 아이에게 몸을 돌렸다. 그리고 물었다. 그러나 아이는 눈만 껌벅일 뿐 별말이 없었다. 여자는 체념한 듯 조수석 머리받이를 바라봤다. 그때 차가 과속 방지턱을 넘었고, 트렁크에 실어둔 아이의 자전거가 들썩이는 소리가 들렸다.

"엄마, 사실은요……."

아이의 말에 여자는 아이의 눈을 바라봤다. 여자의 남편은 차를 세울까 잠시 고민했다 아이의 말이 끊길 수도 있다는 생각이 곧 들었고, 차를 세우는 대신 라디오 볼륨을 최대한 낮췄다.

"제가요……."

말인즉슨, 아이는 편의점 주인 줄리안의 말마따나 레몬 다섯 개를 사선 가게를 나섰는데, 아무래도 레몬이 신선해 보이지 않았다. 아이는 자전거 바퀴를 거꾸로 돌리며 어찌해야 할지 고민했다, 아주 잠깐. 그러고는 곧 옆동네 식료품점으로 향했다. 왕복 2시간은 걸리는 거리지만, 싱싱한 레몬을 엄마에게 가져다주는 것이 작지만 좋은 일 같았고, 작지만 좋은 그 일이 이혼을 막을 수 있을 것 같았기에.

아이가 그 말을 할 때, 여자는 순간 울컥했다. 차가

아주 잠깐 멈칫한 것을 보면 여자의 남편도 마찬가지인 듯했다. '작지만 좋은 일이 조금만, 아주 조금만 더 있었다면 괜찮았을까?' 여자는 이미 돌이킬 수 없게 된 것이, 정확히는 돌이키는 것을 바라는 게 이미 늦은 것이 미안했고, 쓰렸다. 미안하고 쓰렸지만, 아이의 손을 조금 더 꼭 쥐는 것밖엔 할 수 있는 일이 없었다. 작지만 좋은 일이길 바라며.

"그런데요⋯⋯."

옆 동네 식료품점엔 레몬이 하나도 없었다. 레몬이 없을 수도 있다는 걸 미처 생각하지 못했기에 아이는 당황했다. 다시, 자전거 바퀴를 거꾸로 돌리며 아이는 어찌해야 할지 고민했다, 이번엔 조금 길게. 싱싱하지 않은 레몬이 들어 있는 종이봉투를 열어 안을 들여다본 아이는 시내에 있는 크로거를 떠올렸고, 즉시 그곳으로 향했다. 왕복 4시간은 걸리는 거리지만, 싱싱한 레몬을 엄마에게 가져다주는 것이 무엇보다 큰일 같았고, 그 큰일이 이혼을 막을 수 있는 무엇보다 좋은 일 같았기에. (낮이 긴 날 이른 오후였고, 오랜만에 해도 좋았기에 그랬겠지만, 다니는 차가 그리 적지 않은 국도를 아이 혼자 자전거로 달리는데도 누구도 차를 세워 아이의 사정을 묻지 않았기에) 아이는 2시간쯤 뒤 크로거에 도착했다.

레몬은 다행히 싱싱했다. 아이는 운전대 앞 바구니에 싱싱한 레몬 다섯 개가 담긴 비닐봉지를 넣으며, 싱싱하지 않은 레몬 다섯 개가 담긴 종이봉투를 버릴까 생각했다. 하지만 그러지 않는 게 좋겠다는 결론을 내렸다. 레몬 다섯 개를 사 가는 데 너무 많은 시간이 걸렸으니, 이를 해명하기 위해서는 그것, 즉 싱싱하지 않은 레몬 다섯 개가 담긴 종이봉투가 필요할 것이기 때문이었다. 아이는 손에 들었던, 싱싱하지 않은 레몬 다섯 개가 담긴 종이봉투를 싱싱한 레몬 다섯 개가 담긴 비닐봉지 옆에 가만히 내려놓았다. 그리고 페달에 한 발을 올린 뒤 힘껏 밟았다.

"그런데, 갑자기……."

아이가 현기증을 느낀 건, 그래서 눈을 질끈 감은 건 막 시내를 빠져나왔을 때였다. 아이는 자전거를 세운 뒤 숨을 골랐다. 하지만 현기증은 가시지 않았다. 주위를 지나는 어른에게 도움을 청하려 했지만, 말을 담은 숨이 목구멍을 넘지 못했다. 혀도 맘 같이 움직이지 않았다. 아이는 두려웠다. 두려워 주변을 살폈다. 눈도 맘 같지 않아 사방이 흐렸다. 아이는 미간을 모아 주름을 만들었다. 여자가, 나중에 이름이 몰리란 걸 알게 된 여자가 막 포치를 지나 현관문을 여는 게 눈에 들어온 건 그때였다.

여자는 쇼핑몰 2층 치과 병원 간호사 중 하나가 분명했다. 아빠 사무실 옆에 있는, 그래서 갈 때마다 지나치며 봤던, 엄마가 요즘 자주 화 난 목소리로 입에 올리던 그 병원의. 아이는 자전거에 끌리듯 자전거를 끌고 여자의 집으로 향했다. 계단 끝에 자전거를 세운 아이가 싱싱하지 않은 레몬 다섯 개가 든 종이봉투를 꺼내 든 건 여자가 현관 옆 창문의 커튼을 열었을 때였다. 다섯 개의 계단을 겨우 오른 아이는 너무 넓어 보이는 포치를 또 겨우지나 벨을 눌렀다. 문이 열린 건 싱싱하지 않은 레몬 다섯개가 든 종이봉투를 쥔 다른 쪽 손에서 힘이 빠져나가려는 순간이었다. 놀란 얼굴의 여자가 뭐라 말을 했지만, 아이는 알아들을 수 없었다.

아이가, 올 때처럼 갑작스레 간 지 30분이 지났지만, 몰리는 그 몇 시간이 당최 현실 같지 않았다. 처음 10분은 아무 말도 없이 소파에 반쯤은 누운 채 앉아 있던 아이는 10분이 지나자 '죄송해요. 하지만 일단은 잠깐 쉴게요'를 거푸 말하며, 오히려 몸은 반쯤 세웠다. '그래, 그러려무나, 일단은'이라 말하고는 코코아를 타러 간 사이, 아이

는 TV를 틀었고, 채널을 돌렸으며, '수집가들'이란 프로
가 나오자 리모컨을 소파 앞 테이블에 올려놨다. 코코아
를 건네주자 깍듯한 인사와 함께 아이는 '고맙습니다'라
고 말했는데, 약간의 웃음기도 보여 몰리는 안심이 되는
한편 두려움도 느꼈다. 제리에게 전화를 한 것도 그때.

통화가 끝나고, 전전긍긍을 이어가는 동안에도 아이
는 별다른 말이 없었다. 몰리는 소파에서 너무 가깝지도,
너무 멀지도 않은 곳에 놓인 흔들의자에 앉아 아이가 넋
놓고 보고 있는 TV 화면을 쳐다봤다. 틈틈이 아이도 살폈
는데, 정말 넋 놓고 TV를 보는 것인지 아니면 TV를 보는
채 넋을 놓고 있는 것인지 분간이 되지 않았다. 몰아서 재
방송을 하는 것인지 TV에선 다른 '수집가들'이 방송되고
있었다. 화면을 가득 채우고 있던 스포츠 카드가 사라지
면서 중간광고가 시작됐을 때, 몰리는 코코아를 타러 다
시 주방으로 향했다. '죄송한데 한 잔만 더 마실 수 있을
까요?'라는 아이의 말이 떨어지자마자였다. 코코아를 건
네주자 아이는 다시 한번 깍듯한 인사와 함께 '고맙습니
다'라고 말했다. 그리고 그때, 벨이 울렸다. 제리와 샘이었
다, 드디어.

30분쯤 후, 몰리는 아이 부모와 통화를 막 끝낸 제

리에게 그들과 함께 오지 않은 이유를 물었다. 자신이 전한 인상착의로 추측건대 찾고 있던 아이가 거의 확실했지만, 이런 일일수록 신중할 필요가 있기에 아이 부모에게는 통화 내용을 전하지 않았다는 게 제리의 대답이었다. 차가 국도를 한창 달릴 때야 샘에게 사정을 전한 것도 마찬가지 이유에서라고 제리는 덧붙였는데, 그 말을 할 때 몰리는 샘 쪽으로 몸을 돌려 기색을 살폈다. 샘은 아무 일도 아니라는 듯, 무알코올 맥주가 담긴 유리컵을 손에 쥔채 넋을 잃고 TV를 쳐다보고 있었다. 몰리는 순간 긴장이풀리는 걸 느꼈다. 너무 갑작스러웠는지 가벼운 현기증도 함께 느껴졌다. 질끈, 눈을 감을 수밖에 없었다. 전화가 온 것은, 그때였다.

샘의 아내 매들린이었다. 제리의 아내 앤디의 목소리도 섞여 들렸는데, 울먹이는 것도 같았고, 노래를 흥얼거리는 것도 같았다. 매들린의 음성은 너무 차분한 나머지 속삭이는 것처럼 들렸다. 둘 다, 특히 매들린은 말수가 무척이나 적은 편이었는데, 오늘은 사뭇 달랐다. 하여 몰리는 이런저런 얘긴커녕 대답조차 못 하고 너무 차분한 나머지 속삭이는 것처럼 들리는 매들린의 음성을 고스란히, 그 음성에 담긴 말들을 하나하나 곱씹으며 들어야 했다.

"우리가 이혼하게 된다면, 그건 샘의 잘못도, 내 잘못도 아니에요. 제리의 잘못도 앤디의 잘못도 물론 아니고요."

그 말을 끝으로 매들린의 음성은 끊겼다. 울먹이는 것도 같고, 노래를 흥얼거리는 것도 같은 앤디의 목소리도 함께. 음성이 끊긴 전화기를 바라보며, 몰리는 생각했다. '도대체 왜?' 이상한 낌새를 느꼈는지 제리가 다가와 앞에 섰다. 샘은 여전히 TV에 몰두하고 있었다. '왜 도대체?' 몰리는 왜 이런 일이 생긴 건지 궁금했다. 무언가 말해주길 기다린다는 표정을 짓고 있는 제리에겐, 하지만 아무 말도 하지 않았다. 이런 일일수록 신중할 필요가 있기에.

아이의 부모가 아이를 데리고 간 30분 뒤, 셋, 그러니까 몰리와 제리와 샘은 샘네 집에 도착했다. 30분 전, 몰리는 아무 일도 아니라는 듯 말했다. 너무 차분한 나머지 속삭이는 것 같은 음성으로.

"우리가 간다고 여자들에게 말해."

둘은 당황했다. 제리가 먼저, 제리가 TV를 끄는 바람에 그제야 그 말을 되새긴 샘이 다음으로. 하지만 잠시 서로의 얼굴을 바라본 둘은 누가 먼저랄 것 없이 몰리를 향해 고개를 끄덕여 보였다. 셋이 집을 나서 차에 올라타는 데는 채 5분이 걸리지 않았다.

샘이 먼저, 제리가 나중에 샘의 집으로 들어갔다. 몰리는 포치로 이어지는 계단 끝에 서서 한 발을 들었다 내리기를 반복했다. 마치 자전거 바퀴를 거꾸로 돌리듯. 깃털 하나가 어딘가로부터 날아와 몰리의 시선을 어지럽힌 건 그러기를 그만두고 막 계단에 한 발을 얹으려던 순간이었다. 황당하게도 공작새의 깃털이었다.

깃털은 막 우화(羽化)를 끝낸 나비처럼 날아갈 듯, 내려앉을 듯 유유히 비행하던 〈포레스트 검프〉의 깃털보다는 첫 비행 앞에서 이러지도 저러지도 못한 채 몸을 떠는 터키 벌처 새끼처럼 날아가지도, 내려앉지도 못하고 부유하던 〈아메리칸 뷰티〉의 검은 비닐봉지 같았는데, 검푸른 빛깔 때문만은 아니었다.

후.

〈숏컷〉은 열심히 읽어야 하는 영화지만, 나는 천생이 그렇기도 하거니와 마음에 차는 작품일수록 열심히 읽지 않으려 하는 이상한 버릇 혹은 중독 때문에 열심히 읽지 않았다. 두 번밖에 보지 않아 열심히 읽을 여유도 없었지만. 그게, 그런데, 또 걸렸다. 열심히 해야 할 것을 하지 않으면 찾아오는 그 전혀 이상하지 않은 심사(心思)가 또 찾아온 것이다. 이 글은 바로 그 심사가 쓴 것이지 내가 쓴 것이 아니다. 나라면 이렇게 쓰지 않았을 테지만, 그 심사도 내 것이기에, 무엇보다 나는 아직 〈숏컷〉에 대해 쓸 만큼 열심인 적이 없었기에 그럼에도 그냥 이 글을 내어놓은 것이다. 그러니 못난 구석이 있다면, 나 말고 내 심사에 따져주길 바란다. 나는 짐짓 못 들은 척할 테니. 단 〈숏컷〉을 '말할 때 우리가 이야기하는 것'으로는 따지지 말아 주길 바란다. 그것들은 내겐 물론 알트만에게도, 카버에게도, 무엇보다 〈숏컷〉에게도 아무짝에 쓸모없는 것들이니.

7년 전, 박사 논문을 제출하고 온 날, 〈동사서독〉을 다시 봤다. 보며, 시를 좀 더 힘껏 써야겠다 생각했고, 보고 나선 시집 한 권 정도는 묶어야겠다 다짐했다.

아마도 중학교 1학년(그렇다, 아마도다. 어찌, 어쩌자고 크고 중요한 일은 더 기억을 못 하는지). 학교 백일장 장원이 시작이었다. 시였는데, 내용은 기억에 없다. 아마도 중학교 2학년. '원시인'이란 별명의 국어 선생님이 '놈, 공부 좀 하는 줄 알았더니……'라 말했을 때, 어처구니없게도 문학 공부를 결정했다. 70점을 채 못 받아 엉덩이를 맞으면서였다. 시를 선택하게 된 건 더 어처구니없었다. 영

화 〈지옥의 묵시록〉 때문이었으니. 시도, 공부도 지지부
진. 시를, 공부를 피해 영화로 숨었다. 하루 서너 편, 많은
날은 네댓 편을 봤다. 책도 사들였지만, 읽은 건 시나리오
작법 두어 권과 타르코프스키의 『봉인된 시간』 한 권. 그
렇게 십여 년을 보냈다.

2년 전, 시로 긍긍하던 하루, 〈동사서독〉을 다시 봤
다. 보며, 우선 저 얘기부터 쓰자 생각했고, 보고 나선 다
른 영화 얘기도 써보자 다짐했다. 보다 한참 전, 그러니까
10년쯤 전 처음 심중에 들이곤 문득문득 꺼내 되새긴 그
다짐을 다시, 비로소. 다행히 그 다짐이 이번엔 지켜져 책
이 나온 것인데, 시집이 아닌 것은 조금 부끄러우면서 못
내 아쉽고, 영화에 관한 책인 것은 사뭇 공교로우면서 적
잖은 위로다.

그토록 먼 이렇게 가까운

초판 1쇄 펴낸날 2022년 10월 27일
지은이 이명연 **펴낸이** 원미연
사진 최현석 **디자인** 정계수 **제작** 프리온
펴낸곳 꽃피는책 **등록번호** 691-94-01371
주소 서울시 금천구 독산로58나길 53 한신빌 501호
전화 02-858-9917 **팩스** 0505-997-9917
E-mail blossombky@naver.com
ISBN 979-11-978945-1-0 03810

이 책은 저작권법에 따라 보호받는 저작물이므로 무단전재와 복제를 금합니다.
이 책 내용의 전부 또는 일부를 이용하려면
반드시 저작권자와 꽃피는책에 서면 동의를 받아야 합니다.